AF186448

Tucholsky Wagner Zola Scott Sydow Freud Schlegel
Turgenev Wallace Fonatne
Twain Walther von der Vogelweide Fouqué Friedrich II. von Preußen
Weber Freiligrath
Fechner Weiße Rose von Fallersleben Kant Ernst Frey
Fichte Richthofen Frommel
Hölderlin
Engels Fielding Eichendorff Tacitus Dumas
Fehrs Faber Flaubert
Eliasberg Ebner Eschenbach
Feuerbach Maximilian I. von Habsburg Fock Eliot Zweig
Ewald Vergil
Goethe Elisabeth von Österreich London
Mendelssohn Balzac Shakespeare Dostojewski Ganghofer
Lichtenberg Rathenau Doyle Gjellerup
Trackl Stevenson Hambruch
Mommsen Tolstoi Lenz Hanrieder Droste-Hülshoff
Thoma von Arnim
Dach Verne Hägele Hauff Humboldt
Karrillon Reuter Rousseau Hagen Hauptmann Gautier
Garschin
Defoe Baudelaire
Damaschke Descartes Hebbel Hegel Kussmaul Herder
Wolfram von Eschenbach Dickens Schopenhauer Rilke George
Bronner Darwin Melville Grimm Jerome
Campe Horváth Aristoteles Bebel Proust
Bismarck Vigny Barlach Voltaire Federer Herodot
Gengenbach Heine
Storm Casanova Tersteegen Grillparzer Georgy
Chamberlain Lessing Langbein Gilm Gryphius
Brentano Lafontaine
Strachwitz Claudius Schiller Schilling Kralik Iffland Sokrates
Katharina II. von Rußland Bellamy
Gerstäcker Raabe Gibbon Tschechow
Löns Hesse Hoffmann Gogol Wilde Vulpius
Luther Heym Hofmannsthal Gleim
Koth Heyse Klopstock Klee Hölty Morgenstern Goedicke
Luxemburg Puschkin Homer Kleist
La Roche Horaz Mörike Musil
Machiavelli
Navarra Aurel Musset Kierkegaard Kraft Kraus
Nestroy Marie de France Lamprecht Kind Kirchhoff Hugo Moltke
Laotse Ipsen Liebknecht
Nietzsche Nansen Ringelnatz
Marx Lassalle Gorki Klett
von Ossietzky May vom Stein Lawrence Leibniz
Petalozzi Plato Irving
Sachs Pückler Michelangelo Knigge Kafka
de Sade Praetorius Poe Liebermann Kock Korolenko
Mistral Zetkin

Der Verlag tredition aus Hamburg veröffentlicht in der Reihe **TREDITION CLASSICS** Werke aus mehr als zwei Jahrtausenden. Diese waren zu einem Großteil vergriffen oder nur noch antiquarisch erhältlich.

Symbolfigur für **TREDITION CLASSICS** ist Johannes Gutenberg (1400 — 1468), der Erfinder des Buchdrucks mit Metalllettern und der Druckerpresse.

Mit der Buchreihe **TREDITION CLASSICS** verfolgt tredition das Ziel, tausende Klassiker der Weltliteratur verschiedener Sprachen wieder als gedruckte Bücher aufzulegen – und das weltweit!

Die Buchreihe dient zur Bewahrung der Literatur und Förderung der Kultur. Sie trägt so dazu bei, dass viele tausend Werke nicht in Vergessenheit geraten.

Die Kunstreise nach Hümpeldorf

Otto Ernst

Impressum

Autor: Otto Ernst
Umschlagkonzept: toepferschumann, Berlin

Verlag: tredition GmbH, Hamburg
ISBN: 978-3-8424-8942-4
Printed in Germany

Ziel der TREDITION CLASSICS ist es, tausende deutsch- und
fremdsprachige Klassiker wieder in Buchform verfügbar zu
machen. Die Werke wurden eingescannt und digitalisiert. Dadurch
können etwaige Fehler nicht komplett ausgeschlossen werden.
Unsere Kooperationspartner und wir von tredition versuchen, die
Werke bestmöglich zu bearbeiten. Sollten Sie trotzdem einen Fehler
finden, bitten wir diesen zu entschuldigen. Die Rechtschreibung der
Originalausgabe wurde unverändert übernommen. Daher können
sich hinsichtlich der Schreibweise Widersprüche zu der heutigen
Rechtschreibung ergeben.

Text der Originalausgabe

Otto Ernst

Die Kunstreise nach Hümpeldorf

Humoreske

Wiener Verlag
Wien und Leipzig
1905

Seine besten Freunde lernt man gewöhnlich durch den reinsten Zufall kennen. Als ich noch in Hamburg die Zahl der praktischen Ärzte vergrößern half und mein schönes Messingschild mit der Aufschrift »Dr. med. & chir. Edwin Scharff, approb. Arzt« zwecklos an der Luft oxydierte, war ich eines Abends in eine gräßliche Versammlung hineingeraten; wie ich nachher sah, in eine Versammlung von solchen Beamten, die einander vier Stunden lang beim Bier ihre Examina und die damit zusammenhängenden geistigen Erlebnisse vorzählen, mit beneidenswertem Gedächtnis produzieren, daß jener Kollege bei drei Examinibus bereits 3250 Mark Gehalt beziehe, dieser aber bei vier wohlbestandenen Prüfungen erst 3000 Mark genieße, daß Kollege R. nächstens die dritte Zulage erhalte, Kollege F. aber die fünfte &c. &c. Diese Männer gehörten, wie ich in Erfahrung brachte, einem Verein von 423 Mitgliedern an, von denen zu den Versammlungen in der Regel dreizehn Stück erschienen, nur selten sank die Zahl der Besucher auf zwölf oder elf. Ein »guter« Bekannter, den eine »Pflicht« dahintrieb, hatte mich mitgeschleppt, wohl in dem freundschaftlichen und auch ganz richtigen Gefühl, daß man sich zu zweien erträglicher mopse als allein.

Ausnahmsweise wurde aber heute aus dem »Mopsen« nichts. Vor der Dreizehner-Versammlung stand ein frischer, vollwangiger, noch recht junger Mann von schlanker Statur mit hellem, goldrotem Haar, ein etwa Fünfundzwanzigjähriger, von dem man einen Vortrag über die enorme Zuträglichkeit englischer Turnspiele erwartet hätte, der aber sprach über Nikolaus Lenau. Vor *dieser* Versammlung!

Anfangs setzte die Versammlung ohne Zweifel voraus, daß der Vortrag aus allen wissenschaftlich zuverlässigen Büchern über Lenau mit Fleiß und Sorgfalt zusammengeschrieben sei, und sie hörte mit lernbegierigen Gesichtern zu, freute sich, nun alles Wissenswerte über einen allerdings »ferner liegenden« Gegenstand hübsch beisammen zu erhalten. Allmählich aber kam man dahinter: was der Jüngling da redete, das klang furchtbar persönlich; er sprach über diese Dichtungen, als wenn er selbst davon ergriffen wäre, ja als wenn er sie eben jetzt erst selber hervorbringe, er ereiferte sich, er begeisterte sich – kurz, dieser junge Mann hatte den drolligen Einfall, über eine Sache etwas Eigenes zu sagen, und das vor Männern, die bereits die gelbe Jacke der Inspektoratsqualifikation mit 37 Knöpfen trugen!

Nanu!

Und nun begann regelmäßig ein mildes Lächeln in diesen regulären Ehren-Vollbartgesichtern aufzuleuchten, wenn der Redner in Feuer geriet, ein erhabenes, aber mildes Lächeln: ›Gott – die Jugend! Sie ist nun mal so. Als wir jung waren, waren wir auch alle genial.‹

Und sie nahmen es ihm nicht weiter übel.

Ganz seltsam ergriff mich dieser Mensch. So hatte ich mir immer das Ideal eines Vortrags über einen Dichter vorgestellt. Er sprach nicht über Lenau, er sprach Lenau. Eh man sich's versah, steckte man vollständig in der Haut des großen düsteren Sängers, dessen ganze Seele ein starker, weicher Klang war, dessen Schwermut immer männlich blieb und nie larmoyant wurde. Es war die Schwermut nicht eines verschwimmenden, schwärmenden Blicks, sondern eines festen, dunklen, ruhenden Auges. Man sah wie in eine Landschaft von Pinien und Felsgestein ohne Menschen, über der die tiefschweigende, gleichmäßige Resignation später Oktobertage ruht, solcher Tage, wie sie milchgrau und regungslos über der Erde liegen kurz vor den Wahnsinnsstürmen des Novembers, nicht lang vor der Schneestille des Todes . . .

Mehr noch als alles andere bewegte mich aber der unberührte Ernst, der keusche Eifer, mit dem er sprach. »Biereifer« nennen es unsere deutschen Männer jetzt. Wie Parsifal, der reine Tor, so stand er da, blickte steif in eine Ecke des Saales, um sich nicht verwirren zu lassen, und hielt mit glühendem Herzen den Schwämmen und Pilzen einen Vortrag. Ja gewiß: das war komisch; aber so komisch pflegen große Männer anzufangen.

Als er schon geendigt hatte, stand ich noch ganz unter seinem Bann. Er hatte mit einer langen, schwungvoll steigenden und fallenden Periode geschlossen – in solchen Jahren kann man sich einen anderen Schluß gar nicht denken – und ein solches Ende lockt immer den Beifall hervor. Ich hörte wie von weitem ein langes Klatschen und dann die Worte des Vorsitzenden, der dem Redner das Klatschen als »wohlverdienten Beifall für seinen formvollendeten Vortrag« auslegte. Wenn der Philister etwas Geistiges nicht rubrizieren kann, sagt er immer »formvollendet«.

Man schüttelte dem Redner väterlich wohlwollend die Hand und gratulierte ihm. Nach diesem Schluß schien man doch das Gefühl zu haben, daß er etwas könne. Man schließe einen Vortrag so: »8×8, meine verehrten Damen und Herren, ist zwar 64, 9×8 aber ist schon 72, und wenn Sie gar 10×8 nehmen, so dürfen Sie es mit freudiger, felsenfester Gewißheit erfassen, es mit heiligem Mut gegen alle Finsterlinge und Tyrannen verteidigen und es Kindern und Kindeskindern als ein köstliches Vermächtnis hinterlassen, daß das Produkt nicht mehr und nicht weniger als 80 ist!« – man schließe so und spreche das mit einem schönen Bariton, so wird man Demosthenes und Äschines aus dem Felde schlagen.

Man saß noch eine Weile beim Bier, sprach noch einige maßvolle Worte über Lenau und ging dann zu den Prüfungen und Gehältern über. Zu dem Punkte Lenau bemerkte noch der Vorsitzende, daß er früher wiederholt kleine Prologe zu den Vereinsfesten gemacht und vielen Beifall dafür geerntet habe. Er lächelte fachmännisch.

Zu rechter Stunde trennten sich die Vereinsmitglieder, um heimzugehen und die gewohnten Ställe zu füllen.

Der »Referent« und ich blieben noch eine gute Weile sitzen. Dabei ward ich im Laufe des Abends mehr und mehr gewahr, daß er ein hochbegabter Kneipant war, nicht, weil er konsumierte, sondern weil er produzierte. Er schien mir einer jener begnadeten, seltenen Menschen, die beim Becher nicht schwerer und kleiner, sondern immer größer und leichter werden; an seinem Gesicht, ja schon an seinen Augen erhob und erheiterte man sich immer von neuem, wenn er auch keine Silbe sprach.

»Sagen Sie mal, Herr Sommer,« wandte ich mich an ihn, »wie kommen Sie nur in diese Gesellschaft! Wie kommen Sie auf den Gedanken, diesen Leuten einen solchen Vortrag zu halten!«

»Ja, was denn?« stotterte er. »Ich wollte gern mal sprechen, und da hab' ich ihn angemeldet. Sie haben ihn freilich zunächst abgelehnt, weil er über den Rahmen ihrer Vereinstätigkeit hinausgehe; aber dann haben sie mich für einen Redner einspringen lassen, der abgesagt hatte.«

»Ja, über ihren Rahmen geht es freilich. Und Sie haben bereitwillig »lückengebüßt«? Das war sehr gutmütig von Ihnen.«

»Ja, was soll man anfangen! Ich habe mich an x große Vereine gewandt; aber da ist nicht anzukommen. Da sollen es »Professoren« sein, wenn's auch nur dumme Professoren sind, und ich bin nicht mal »Doktor«, wenn ich auch »studiert« habe. Und mit meinen Manuskripten geht es mir ebenso.«

»Wo haben Sie studiert?«

»In Freiburg.«

»So. Philologie?«

»Germanistik vor allem.«

»Und wollen Sie keine Anstellung nehmen?«

»Nein, ich will frei bleiben, frei.« Er sah mit einem dunkelglänzenden Blick in die Zimmerecke. »Ich habe die literarische Laufbahn gewählt.«

»Sie sind also Schriftsteller – na ja, Sie können sprechen und schreiben. »Persönliche Beziehungen,« lieber Herr Sommer, ich empfehle Ihnen die »persönlichen Beziehungen«. Klammern Sie sich an fünfhundert Rockschöße, lieber Herr; vielleicht reißt einer davon nicht ab und nimmt Sie mit. Weh dem, der daran keinen Geschmack findet! Die Welt ist nun einmal keine offene, freie Arena; sie ist ein Marktplatz, auf dem sich ein Gedränge nach allen Richtungen durcheinanderschiebt. Glücklich, wer einen Starken und Treuen findet, der ihn auf die Schulter nimmt; es gibt noch solche Freunde. »Huckepack« sei Ihr künftig Zauberwort. Daneben allerdings »Tages Arbeit« und »saure Wochen«. Nur der Tod fordert keine guten Referenzen. Was ich noch sagen wollte –: richtig! Sie haben auch ein paar Verse aus Lenau rezitiert, leider nur wenige; aber ich müßte gar keinen Spürsinn haben, wenn Sie sich nicht zu einem brillanten Vorleser verarbeiten ließen. Darf ich Sie um eine große Gefälligkeit bitten?«

»Aber um jede! Bitte, reden Sie!« Ich merkte an seiner zitternden Stimme, daß er ganz wirbelig war über die erste wirkliche Anerkennung, die er erfuhr. Er war ganz täppisch glücklich.

»Besuchen Sie mich einmal, oder gestatten Sie, daß ich Sie besuche, und dann lesen Sie mir etwas vor.«

Er war sogleich einverstanden, und nun sahen wir uns fast jeden Tag. Und wenn ich mich einmal des Abends nicht an seiner vollsaftig grünenden, hundertfältig keimenden Frische erquicken konnte, so fehlte mir die Würze des Tages.

Der Ruhm aber hat bekanntlich seine Nücken. Jedenfalls hat er das eine mit dem Glücke gemein, daß er eigensinnigerweise nicht gesucht sein, sondern von selber kommen oder von selber wegbleiben will. So energisch ich auch alle Vereine und alle Blätter, die irgendwelche Aussicht zu bieten schienen, auf meinen unvergleichlichen Freund Herrn Robert Sommer aufmerksam machte: die Vortragsprogramme waren immer »schon für den nächsten Winter festgestellt« und die Blätter waren immer »mit Stoff reichlich versehen«, und wenn sie sich doch einmal zur Entgegennahme einer Einsendung bereit erklärten, so kam das Manuskript umgehend mit einem gedruckten Ablehnungsformular zurück. Denn – ich schäme mich dessen wahrhaftig heftig genug – auch ich habe keine persönlichen Beziehungen. Ich bin dreimal zu großen Diners eingeladen gewesen, einmal bei einem reichen Jutefabrikanten, einmal bei einem reichen Senator und einmal sogar bei einem Kaffeemakler, der sehr viel oder auch gar nichts besaß, ich weiß es nicht so genau. Es gab jedesmal ca. fünfzehn Gänge, wofür ich nur ein paar Stunden geistreich zu sein hatte. Nun besitze ich aber die Gabe, nach dem Essen durchaus nicht genial sein zu können, und von diesem Steinbutt, von dieser Gänseleber, von diesen Spargeln, von diesem Roastbeef mit Makkaroni, von diesem Schneehuhn, von diesem Vanillepudding *nicht* zu essen, das war mir wieder der Ruf meiner Genialität nicht wert. Die Frau Jutefabrikantin fragte mich gleich nach der Suppe, wo ich denn heute meinen Humor hätte, worauf ich die Tollkühnheit besaß, zu sagen: »Kommt noch!« welcher unbegreifliche Leichtsinn dann wieder zur Folge hatte, daß die ganze Gesellschaft in den verschiedensten Unterhaltungspausen auf meine kommenden Humore wartete. Der Frau Senator gegenüber produzierte ich an längeren Auslassungen nur die allerdings ja nicht beträchtlich geniale, aber doch von braver Gesinnung zeugende Bemerkung, daß ich das Tragen von Ohrringen für eine nur Australnegern entschuldbare Sitte hielte, worauf ich gleich durch den Augenschein inne wurde, daß die Ohren der gnädigen Frau sich zweier außerordentlichen Boutons erfreuten. Bei demselben Diner widersprach ich auch noch einem Stadtrat – es war ein Unglückstag. Kurz, ich hatte beim besten Willen für meinen Freund Sommer keinen Mäcen hinter der Hand.

Aber der Ruhm hat, wie gesagt, seine Nücken. Eines Morgens erwacht man, wie Lord Byron, als berühmter Mann und weiß selbst nichts davon. Hie und da hatte mein Freund wohl einmal ein Gedicht vor die Öffentlichkeit gebracht, und eines von diesen Gedichten hatte – der Zufall spielt mitunter merkwürdig – irgend jemand gelesen. »Durch ein geringeres Wunder war Robert nicht zu retten? Gott!« Na ja.

Eines Tages waren wir gerade wieder mit dem fesselnden Thema beschäftigt, wovon wir denn nun eigentlich in Zukunft leben wollten, wenn die Dinge so weiter gingen, d. h. *nicht* gingen, und gerade hatten wir wieder einmal die letzten Groschen kommunistisch verwirtschaftet. Von einem angehenden Opernsänger und zeitweiligen Rachenkatarrhiker, dem ich angestrengt den Hals pinselte und der jedesmal sofort das Honorar erlegte, hatten wir vierzehn Tage lang zufrieden und glücklich gelebt; aber auch dieser Rachenkatarrh lag hinter uns wie ein schöner Traum. Am Ende dieses Katarrhs war es, als wir eines Nachmittags, während wir uns sorgenvoll einer guten Brasilzigarre erfreuten, die Etagentüre »rauschen« hörten, um mit Schiller zu sprechen. Alsobald vernahmen wir auch ein scharrendes und räusperndes Getöse auf dem Flur und von zwei Männerstimmen in regelmäßiger Abwechselung die Versicherung, daß sie die Ehre hätten. Es wurde nach Herrn Robert Sommer gefragt. Wir machten uns empfangsbereit, mein Freund, indem er sich durch die Haare fuhr, ich, indem ich die Beine vom Sofa nahm. Die Logiswirtin meines Freundes öffnete die Tür und aus dem Dunkel des Korridors wurden sofort bemerkbar eine weiße Weste und ein Schnapsgeruch.

»Habe die Ehre – die Ehre,« erscholl es von neuem; denn von der Ehre des einen vernahm man immer nur im Nachhall. Dabei wußten die beiden Herren merkwürdigerweise ihre Verbeugungen immer so einzurichten, daß der eine regelmäßig vornüberschlug, während der andere wieder emportauchte, was einen ganz eigentümlichen Eindruck machte und mich an einen Glanzpunkt meiner Kindheit erinnerte, an einen hölzernen Storch, der mit mechanischer Naturnotwendigkeit den Schwanz erhob, während er den Schnabel senkte. Was aber diese Ehrenbezeigungen für uns noch gewichtiger und eindrucksvoller machen mußte, das war eine Art inbrünstiger Verachtung, mit der die Herren bei jeder Verbeugung ihre hinteren Gegenden von sich zu werfen schienen, als empfänden sie eine echt deutsche Scham darüber, sie mitgebracht zu haben.

»Habe die Ehre – die Ehre,« versicherten die Guten mit Hartnäckigkeit.

All dieser massenhafte Ehrbesitz, diese Verbeugungen, diese weiße Weste und dieser Schnapsgeruch entstammten, wie ich sofort erkannte, einem und demselben Motiv: der Devotion. Par distance – diese Betrachtungen stellte ich im unmittelbaren Anschluß an diese Wahrnehmung an – hegen diese beiden Leute die tiefste Verachtung für die Intelligenz und besonders für das künstlerische Ingenium; aber bei persönlichen Begegnungen entsinkt ihnen der Mut und sie trinken sich dann Courage an.

Als mein Freund den einen der beiden Herren endlich zum Sitzen gebracht hatte, behauptete der andere noch längere Zeit mit den erwähnten wegwerfenden Bewegungen, daß er die Ehre habe, bis es mir endlich unter der Versicherung, daß ich sie auch hätte, gelang, auch diese unruhvolle Bachstelze zu beschwichtigen.

Der weißbeleibte Herr, der die Allüren eines gewandten Weltmannes anstrebte und aus Vornehmheit ein übertrieben helles »a« sprach, hatte inzwischen erklärt, daß er die Ehre habe, Scholz zu heißen und daß wir in seinem, nebenbei bemerkt, ziemlich unrasierten Gefährten Herrn Gericke vor uns hätten. Sommer übernahm die Gegenvorstellung.

»Sind Sie verwandt mit dem Erfinder der Luftpumpe?« fragte ich den mangelhaft Rasierten.

»Nee. Det heeßt, det is *doch* meeglich; ick habe nämlich noch Verwandte in Köpenick –«

»Nein, da wohnt er nicht!«

»Na, denn is et doch wohl nich.«

Auf die Frage Sommers, womit er dienen könne, nahm Herr Scholz die Positur des beauftragten Sprechers an. Er wollte sich dabei erheben; aber Sommer drückte ihn sanft auf seinen Stuhl zurück, wodurch das Gedächtnis des Herrn Scholz ersichtlich einen Stoß erhielt.

»Alsoer – was ich sagen wollte – wir sinder natürlich Deleschierte des Vereins der Restarateure – under daaa – ich bin nämlich erster Präsident – ja – under daaa – na, wie lag noch eigentlich die Sache?« wandte er sich plötzlich an seinen Gefährten.

»Na ja, der Herr soll uns also doch wat dichten, det is doch sehr klar.«

»Ja, aber das war es doch nicht alleine!« rief Herr Scholz mit undankbarem Ärger. »Na gut, jetzt weiß ich schon. Alsoer: Wir haben nu doch den Verein der Restarateure, und der begeht nächstens natürlich sein zehnjähriges Stiftungsfest, das Kuvert zu fünf Mark, mit obligatorischen Weinzwang natürlich, und mit Konzert – unsere Liedertafel singt natürlich – und mit nachfolgenden Ball und kurz und gut mit allen möglichen Schikanen – und da muß nun doch auch – hähä – so'n bißchen was Poetisches dabei sein.«

»Natürlich,« bemerkte ich, da sich Herr Scholz bei den letzten Worten an mich gewandt hatte.

»Na ja, und nu wissen wir ja, daß Sie ein berühmter Deklamatohr –«

»Woher wissen Sie das?« fragte Sommer begierig.

»Det weeß ick nämlich von mein'n Jungen,« sprang jetzt Herr Gericke ein. »Der Junge liest Ihnen nämlich die Zeitung immer von eenen Ende bis zum andern. Eenen Bildungstrieb hat Ihnen der Junge – *ick* weeß nich, woher er det hat. Stundenlang sitzt er Ihnen uff de Toilette un liest de alten Zeitungen. Na, un mitunter liest er mir denn nu ooch wat vor, un da hat mir denn ooch neilich 'n Jedicht von Ihnen vorjelesen.«

»Jaaa,« unterbrach Herr Scholz mit Nachdruck; denn offenbar fühlte er die Notwendigkeit, die Verhandlung wieder auf ein höheres Niveau zu heben »wir haben natürlich auch in der Zeitung gelesen, daß Sie im Gewerbeverein eine Rezitatschon frei aus'm Gedächtnis gehalten haben und daß Sie da einen geradezu spontanen Erfolg gehabt haben. Na, und nu wollten wir natürlich« – hier erhob sich Herr Scholz wieder – »Euer Wohlgeboren die Offerte machen, ob Sie uns bei unserm Stiftungsfest – vielleicht auch – durch'n paar Vorträge – verherrlichen möchten; so 'ne kleine Rezitatschon, meine ich; je kürzer, je besser; denn um zehn soll natürlich schon zu Tisch gegangen werden – und – hähä – was es kost, das kost es natürlich – darüber brauchen wir gar nicht weiter zu reden, hähähä.«

»Nee!« bekräftigte Herr Gericke mit etwas übertriebenem Kraftaufwand, »denn wir haben für det Fest alleene schon eintausend Mark bewilligt!«

»Ja,« bestätigte Herr Scholz, »was es also kost – das kost es!«

»Natürlich!« entgegnete ich. Denn wieder hatte mich das Auge des Herrn Scholz getroffen.

»Meine Herren,« antwortete mein Freund jetzt, »ich bin selbstverständlich mit Vergnügen bereit, bei Ihnen zu rezitieren.«

»Aah – sehr oblischiert – sehr oblischiert,« dankte der Präsident der Schenkwirte mit geradezn näselnder Vornehmheit.

»Ich setze dabei als selbstverständlich voraus, daß während der Rezitation weder geraucht noch serviert wird.«

»Selbstverständlich, natürlich selbstverständlich!« rief der Präses.

»Jää – bis jetzt hab'n wir det aber doch immer so jehabt, dat die Leite ruhig ihr Bier jetrunken haben,« kam der unangenehme Gericke dazwischen. »Ick meene, wenn de Leite ruhig ihr Bier trinken – det steert ja nich weiter. Roochen – det will ick nich sagen –«

»Nein – erlauben Sie – ich muß denn doch durchaus darauf bestehen, daß nichts dergleichen geschieht,« rief Sommer. Ich merkte, daß er empfindlich wurde und hielt es für geboten vorzubeugen.

»Sie können ja die Herrschaften kurz vorher reihenweise ans Büffett führen, sie trinken lassen und danach zu den Plätzen geleiten,« schlug ich vor.

»Ja ja ja!!« stieß Herr Scholz mit vehementem Einverständnis hervor, »das geht sehr gut, das läßt sich alles machen.«

Ich begriff nicht, was Sommer sich abzuwenden und konvulsivisch zu zucken hatte. Als er sich wieder umdrehte, war er noch krebsrot im Gesicht.

»Das wäre also erledigt,« hub Herr Scholz wieder an. »Nun haben wir aber natürlich noch eine große Bitte.«

»Und –?« fragte Sommer gespannt.

»Ja, da hat ja nämlich vor kurzen der Hannoversche Gastwirteverein eine großartige Festewithee abgehalten, eine Fahnenweihe, müssen Sie wissen; na Sie haben jedenfalls auch davon gelesen –«

Sommer bedauerte.

»Na genug, da ist denn natürlich auch ein Prolog gesprochen worden, 'n richtig gereimter Prolog, und da haben wir also im Festkomitee beschlossen, unsere Feier auch mit'n Prolog zu eröffnen. Na, da wollten sie nu den alten Schreiber und Rechtsinsolenten Knieper darankriegen; da hab' ich aber natürlich gesagt: Nein, meine Herren, wenn wir denn mal so was machen, denn muß es natürlich besser sein als bei den Hannoveranern, denn bitte ich lieber gleich Herrn Sommer, daß er den Prolog gleich mitmacht.«

»Jähähä – wat die Hannoveraner können, det können wir noch alle Dage!« bemerkte der mir zunächst sitzende Herr Gericke mit geistreichem Atem.

»Und nu wollten wir Sie also bitten – ich habe die Nummer von der »Restarateur-Zeitung« mitgebracht, wo der Prolog von Hannover drinsteht – danach können Sie sich ja vielleicht richten – ähnlich so wollten wir das auch haben – aber natürlich besser.«

»Ja, wenn nämlich der Prolog jut wird, denn lassen wir ihn ooch in de Restratehr-Zeitung abdrucken, damit daß de Hannoveraner sick ärjern,« meinte Gericke.

»Meine Herren,« bemerkte endlich Sommer, »*das* tut mir nun sehr leid: *darin* kann ich Ihnen nicht dienen. Gedichte dieser Art habe ich nie gemacht, kann ich auch nicht machen.«

»Ach – da sind Sie nu doch, glaub' ich, zu bescheiden!« meinte Herr Scholz.

»Ja natürlich, er stellt sein Licht unter 'n Scheffel,« rief ich. »Silberne Hochzeitsgedichte macht er ganz großartig.«

»Du, tu mir 'n Gefallen, ja?« rief er in komischem Ärger. Dann schnellte er plötzlich mit vipernhafter Bosheit empor: »Aber hier mein Freund Scharff, *das* ist die gegebene Persönlichkeit! Der kann so schöne Kneiplieder machen.«

»Ich?« schrie ich mit der Kraft eines verwundeten Hirsches. »Bist du verr– Meine Herren, ich kann nicht den kleinsten Fuß dichten, nicht mal 'ne Kanzone, nicht mal 'ne Ilias kann ich machen, glauben Sie mir das wohl?«

»Ja, det will ick woll jlooben!« versicherte Gericke ängstlich.

»Na ja, sehn Sie; dann kann ich Ihnen doch auch keinen Prolog dichten!«

»Nee, denn jeet et ja selbstredend nich,« gab Gericke gedrückten Tones zu.

»Aber – Herr Sommer – Sie sollten es doch man tun!« flehte Herr Scholz. »Sie werden uns doch nicht unverrichteter Sache nach Hümpeldorf retourschicken wollen –«

»Wohin?«

»Wie?«

»Wo wohnen Sie? In *Hümpeldorf?*«

»Ja!« antwortete Herr Scholz kleinkaut und mit einem gewissen Schuldbewußtsein, offenbar durch das Ungestüm meines Freundes eingeschüchtert.

»Sie wohnen *nicht* hier in Hamburg?« fragte Sommer, nach meiner Meinung recht überflüssig, nichtsdestoweniger mit großem Kraftaufwand.

Herr Scholz beteuerte, daß er in Hümpeldorf und außerdem nicht in Hamburg wohne.

»Und Ihr Fest wird auch in Hümpeldorf gefeiert?«

»Natürlich!« riefen Herr Scholz und ich a tempo.

»Dann mache ich ihnen den Prolog!« rief Sommer und begann sofort im Zimmer hin- und herzurennen. »*Dann mache ich Ihnen den Prolog!*«

Offenbar hatte er jetzt einen Stoff gefunden.

Niemand war glücklicher als unsere beiden Freunde, die nun ihrem antiwelfischen Kunstbedürfnis Genüge tun konnten. Herr Scholz lächelte über die ganze Weste und bezeichnete Sommers Einwilligung als eine große »Kompleßanks«, und nicht ohne die siebzehnmalige Versicherung, daß sie die Ehre hätten, der ich ebenso oft den leidenschaftlichen Protest entgegensetzte, daß sie ganz auf unserer Seite wäre, verglommen und verwehten endlich in der Nacht des Treppenhauses das weiße Bauchgewand des Herrn Scholz und der spiritus asper des Herrn Gericke.

Zu meinem Freunde zurückgekehrt, fand ich ihn noch immer damit beschäftigt, in angelegentlichster Weise das Zimmer auszumessen.

»Du scheinst einen ganz besonderen Stoff gefunden zu haben,« bemerkte ich mit einer Art dunkler Ahnung.

»Mensch! In Hümpeldorf! Da ist ja 'n *Mädchen!*«

»Da werden wohl mehrere sein.«

»Ach Dummheit. Ja: ›Fräuleins‹ – und Frauen – – ›Damen!‹ – aber Mädchen, Mädchen, Mensch, weißt du, was 'n Mädchen ist?«

Bis dahin glaubte ich es gewußt zu haben; ich bin aber nicht anmaßend und durch energische Fragen in meinen Begriffen überaus leicht erschüttert.

»Gott – man weiß ja natürlich, was 'n Mädchen ist; aber das wird wohl nicht richtig sein?« bemerkte ich mit schüchtern fragendem Augenaufschlag.

»Ein Mädchen, Mensch – siehst du – das ist dunkelblond – nicht braun! Braun ist hart – trocken – dunkelblond mit diesem ganz leisen, feuchten Glanz, weißt du, so wie – als wenn gewissermaßen – ich weiß nicht, wie ich es ausdrücken soll –«

»Ich verstehe, ich verstehe!« beeilte ich mich. »Haaröl!«

»*Ach!!!*« Er rannte dreimal die Stube auf und ab und rief dann »Schafskopf!!« Nachdem er nochmals die Stube dreifach gemessen, sprudelte er plötzlich los: »Das heißt: das soll ja nur so etwas sein von dir; du affektierst immer so eine kühl-erhabene Ironie – laß das nur sein, mein Junge, das ist doch nur Pose; ich kenne dir, Spiegelberg. Ich möchte wohl wissen, wer der größte Schwarmgeist ist, du oder ich? Du bist mindestens so verrückt wie ich.«

»Das wird sich sehr schwer feststellen lassen,« bemerkte ich mit wissenschaftlicher Vorsicht; »aber sei mir nicht böse und fahre fort!«

»Na ja, also solches Haar und dann zurückgekämmt und hinten in einem sanft gewölbten, *ovalen* Knoten – oval! – bis auf den Halskragen hinabreichend, in dieser edlen – weichen – weiblichen Linie, weißt du –«

»Jaja – ganz richtig.«

»Und dann natürlich einen Meter fünfundsechzig hoch – ja nicht länger! Die Taille – ja, *das* ist die Hauptsache! – die darf vor allen *allen* Dingen nicht zu schlank sein, um *Gotteswillen* keinen Millimeter zu schlank – unsere dümmsten Weiber schnüren sich eine Wespentaille, weißt du – als wenn's darauf ankäme, daß die Hüften sich nur recht patzig von der Taille absetzen, weil sie, weil sie, weil sie keine Einheitlichkeit verstehen, weil sie sich nur in drei Stücken denken können wie Kerbtiere – weil sie nur augenfällige, *sinnliche* Reize kennen und keine seelischen – und dabei ist es ja gerade dieser unvergleichliche *Übergang* vom Brustkorb zu den Hüften, diese unendlich keusche Linie, dieser zögernd sich einschmiegende Bogen, der in jedem Punkte zagt und bangt, daß er zu weit gehe – – Albrecht Dürer!« Er packte mich bei den Schultern, als wenn ich Albrecht Dürer hieße, »du entsinnst dich doch der Eva, wie sie den Apfel annimmt, dieses Prachtweib – wenn die sich nicht ein wenig nach der Seite neigte: dann wäre das die Linie, die ich meine. Ach!!! Ein solcher Leib, siehst du: wenn man ihn sieht, muß man sich gezwungen fühlen, den Arm darum zu schlingen und ihn zu pressen, bis – bis kein Leben mehr darin ist!«

Er war mir allmählich mit drohenden Gebärden nähergerückt, obwohl ich nicht den schüchternsten Einwand gewagt hatte. Ich sah, daß seine Augen feucht geworden waren. Als auch er das bemerkte, wandte er sich plötzlich ab und ging nach dem Fenster.

»Also *das* ist 'n Mädchen,« sagte ich, indem ich mich eines recht trockenen Tones befliß.

»*Das* ist'n Mädchen.«

Was sollte man dazu sagen. Es stimmte.

»Aber nein!« rief er plötzlich. »Das ist noch kein Mädchen. Der Mund, der Mund – ich habe ja noch nichts vom Munde gesagt, das ist ja das Entscheidende! Die *Nase* und der Mund! Die Nase natürlich mit zwei runden, zarten Flügeln und im übrigen *energisch*, so energisch wie sie nur irgend sein darf, um noch weiblich zu bleiben, eine sanftmütig-stolze Nase. Und darunter ein Mund, natürlich nicht zu klein, es gibt nichts Stupideres, Lebloseres als einen zu kleinen Mund, *lieber* noch ein klein wenig zu groß, aber ein *ruhender* Mund! Verstehst du, was ich damit sagen will? Ein *ruhender* Mund!«

»Einen Augenblick, bitte! Also: *ein ruhender Mund* – hm. – Ja! Natürlich! 'n ruhender Mund! Versteh' ich. Aber fassen wir einmal die Sache beim rechten Ende an: Wie weit bist du mit ihr?«

»Wie weit ich mit ihr bin! Gar nichts bin ich mit ihr! Ich hab' *sie* gesehen; sie hat *mich* gesehen – da! so weit bin ich mit ihr.«

Er blieb plötzlich mitten in der Stube stehen, starrte auf den Boden und ließ sich mechanisch auf einen Stuhl fallen.

»Du –« sagte er dann, »das Auge – so ein menschliches Auge – das ist das Unbegreiflichste – das ist doch wirklich etwas Unbegreifliches! Der Blick, mit dem sie mich ansah – weißt du, was darin lag? – »Ich kann alles geben und alles empfangen.« Das heißt: das sagte ihr Auge, nicht sie; sie wußte offenbar nichts davon. Siehst du, und *darauf* kommt es ja an« – er war wieder aufgesprungen, um die alte Wanderung fortzusetzen – »es gibt Weiber, weißt du, die können nur geben; ein Tropf oder ein Selbstling kann ganz ahnungslos mit ihnen glücklich sein – und es gibt Weiber, die können nur empfangen – ein großer und edler Geist kann sich überlegen an ihnen erfreuen – aber geben *und* empfangen: siehst du, das ist erst das, was einen wirblig machen kann.«

»Aber sag mir doch nur um Gottes willen: woher kennst du denn die Weiber so großartig?«

»Woher ich die Weiber kenne? Ich kenn' sie gar nicht; aber das weiß ich so; das seh' ich ihnen an.«

»Und sonst weißt du gar nichts über die Dame – über das Mädchen, wollt' ich sagen?«

»Wenigstens nicht viel. Ich traf sie – vor einem Vierteljahr ungefähr – beim Kapellmeister Schwenk. Ich kam spät, und sie ging früh, weil sie noch mit der Eisenbahn nach Hümpeldorf mußte. So sahen wir uns nur kurz. Ich hörte dann noch, daß sie eine hübsche Stimme habe, Gesa Klingenfeld heiße und daß ihr Vater ein von seinen Renten lebender Mühlenbesitzer sei.«

»Au! Also womöglich reich.«

»Möglich.«

»Das ist faul. Aber nicht unangenehm. Es wird dir die Sache etwas erschweren, mein armer Junge. Und sonst weißt du nichts?«

»Nichts.«

»So. Und nun willst du dich natürlich machtvoll und überwältigend vor ihr entfalten auf dem Stiftungsfest der Kneipiers – bitte! schimpfe nicht, ich spotte ja gar nicht. Vor der Geliebten bestreben wir uns, neunmal so edel, so schön, so geistreich, so stark, so »männlich« zu sein als wir sind und was das Merkwürdigste ist: es gelingt uns. Von der anderen Seite wird natürlich mit derselben glückseligen Naivität geschwindelt.«

»Junge!« schrie er, »ich habe dir ein Gedicht im Leibe – hier in den Fäusten hab' ich's« – er trommelte mit beiden Fäusten übermütig auf den Tisch – »für die unterste Sorte von Schnapsbudikern könnt' ich jetzt eine göttliche Komödie dichten.«

»*Das* glaub' ich! Darum will ich dich auch nicht länger stören.«

»Ach – deshalb –«

Aber ich war schon draußen. – – –

Als ich am nächsten Abend wiederkam, war er gerade dabei, die letzten Zeilen zu schreiben. Mit ein paar fanatisch dicken, übermütig krummen Strichen beschloß er seine Arbeit und mit einem tiefen Seufzer legte er die Feder fort.

»Also los!« rief er. Er lehnte sich zurück und las:

Nacht war's, und in meines Weibchens Kammer
Schlich ich mich auf ungewissen Schuhn.
Alsobald erschloß sich auch ihr Mündchen:
»Ach, du brauchst so leise nicht zu tun.
Stund' um Stunde lieg' ich bangend wach,
Träume mir Gefahr und Ungemach,
Träume Mord und Tod und kann nicht ruhn.«

Aber weiter ließ ich sie nicht kommen;
Denn schon hielt ich schmeichelnd ihre Hand;
Auf die Fensterschwelle nah dem Bettchen
Schwang ich mich so mutig wie gewandt.
Breit durchs Fenster lächelte der Mond,
Der, so frommer Klarheit ungewohnt,
Staunend still in ihrem Auge stand.

»Aber rätst du denn, wen ich getroffen?«
Rief ich sicheren Triumphes voll.
»*Ahnst* du wohl, mit *wem* ich mich – berauschte
Unaussprechlich süß und wirbeltoll?
Du – denselben, der uns einst vereint,
Als du laut gelacht und still geweint
Unterm Flieder, der von Trauben schwoll.

Ja, den Frühling! Denk dir, dieser Bengel!
Komm ich da bei Schlump & Bock hinein,
Sitzt der Strolch mit hocherhobnem Glase,
Schielt mich an durch einen blanken Wein.
In der Ecke, weißt du, saß der Freund,
Wo das Steinöl Wand und Decke bräunt
Und beglüht mit bilderreichent Schein.«

»Hahahaaa!«
            »Halt – dieses Lachen küß ich!«
»Also im verqualmten Winkel find't
Mein Gemahl den Frühling. Ach wie niedlich!
Suchst du ihn nicht auch im Kleiderspind?«
»O gewiß, in Schachteln auch und Truhn
Und in Heringstonnen. Siehst du, nun
Sprichst du, was du nicht verstehst, mein Kind.

Sieh, mein Lieb: Entweder es ist Frühling
Oder nicht! – Erscheint dir klar der Fall?
Gut denn. *Ist* es aber einmal Frühling,
Nun, so ist er wahrlich überall!
In der Rose und im Rübensaft,
In den Sternen und im Stiefelschaft –
Wie in deines Lachens Glockenschall.

Alles drängt und zwängt er auseinander;
Alles kracht und springt von seiner Kraft;
Schlösser, Ketten, Riegel oder Bänder
Halten kein Verlangen mehr in Haft.
Sieh die Ampel – wie sie schwillt und blüht!
Eine Rose, sich entfaltend, glüht
In erstickter süßer Leidenschaft. . . . .

Gut denn, ich erzähle. Ach, was ist er
Für ein lieber Schlingel immer noch!
Nicht im mindsten hat er sich verändert,
Seit so lieblich uns der Flieder roch.
Auf dem Bänkchen rückt' er gastlich zu,

Zog an seine Seite mich im Nu –
Mußt' ich höflich mich bequemen doch.

Wie dir wohlbekannt, bin ich energisch;
Aber konnt' ich anders? Rede du!
Frühling ist ja nur ein selig Müssen!
Und in solchem Falle noch dazu!
Fest umschlungen hielten wir uns bald:
Zwischen Frankreich und dem Böhmerwald
Schritten wir fürbaß ans leichtem Schuh.

Herr mein Gott, was kann der Kerl vertragen!
Na! – ich stell' doch auch sonst meinen Mann.
Und Geschichten weiß er vorzutragen –
Daß man's gar nicht wiedergeben kann.
Und ein *Lied!* – Ach hör! *Das* sing' ich dir!
Arm in Arm am Fenster standen wir
Und zum Himmel grölten wir's hinan:

    »Un dorbi wohnt hee noch jümmers in de Lam-
mer-Lammerstrot
    LammerLammerstrot,
    Kann mok'n, wat hee will.
    Kann mok'n, wat hee will.
    Swig man jümmers jümmers still,
    Swig man jümmers jümmers still,
    Swig man jümmers – jümmers – still. –
    Un doo mok hee sick en Geigeken
    Geigeken perdootz.
    »Violin, Violin« seggt dat Geigeken,
    »Violin, Violin« seggt dat Geigeken,
    Un »Vio-Violin«, un »Vio-Violin«,
    Un sin Deern, de heet Katrin!
    Un sin Deern, de heet Katrin,
    Un sin Deern, de heet Katrin
    Un sin Deern, de – de heet – Ka – trin.«

Köstlich, was? Und also stand der Stromer,
Mit gespreizten Beinen stand er da,

Grölt' mit feuchten, nektarsüßen Lippen
Himmelan die tollsten Karmina.
Himmelan, ja. Durch den Fensterraum
Schwankte hell ein Zweig vom Sternenbaum,
Der auf Türm' und Dächer niedersah.

Nur ein Stück erblicken wir: Vom Drachen –
Unterm Drachen ward mir's heimisch ganz –
Bis zum goldnen Haar der Berenike –
Aber deines ist von höh'rem Glanz.
Einsam schritt ich an der Himmelsflut,
Suchte mir der reinsten Sterne Glut
Und umflocht sie meiner Stirn als Kranz.

Ach, gesellt den sehnsuchtweiten Sternen,
Trieb mich's lang dahin mit stiller Macht.
Ja, zur Fahrt in unerschlossne Hallen
Heb' ich mich noch einst aus dieser Nacht.
Hör' ich nicht, wie Sporn und Flügel klirrt?
Lieg' ich tief im Schoß der Erde, wird
In den Sternen stehn, was ich vollbracht –

    »Un dorbi wohnt hee noch jümmers in de Lam-
mer-Lammerstrot. . . . .«

Zweite Stimme sang ich, mußt du wissen;
Mich ergriff der Zauber meines Sangs.
Bei der »Violine« immer wieder
Dacht' ich deiner schwermutsvollen Drangs.
Im Gelärm des Lebens bist du mein,
Du auch bist ein zartes Geigelein,
Unerschöpflich reichen, weichen Klangs –

    »Violin, Violin«, seggt dat Geigeken . . . .

Ja, ich fahre fort. Nach sieben Flaschen
Tranken wir – ich glaub': zum drittenmal –
Während Frühling wie ein Schweinchen rülpste,
»Du und du« mit läutendem Pokal.

Einmal, ach, entfiel mir aller Mut –
Aber danach ward mir wieder gut;
Wieder sprang mir auf der Sternensaal.

»Un dorbi wohnt hee noch jümmers . . . .«

Aber stehn in duft'ger Flut der Stunden
Blieb im Ohre mir ein Donnerwort,
Das aus klarster Höhe hergeklungen:
Aus der Lämmerstraße zieh' ich fort!
Mit der Faust zerschmissen und zerkracht
Hab' ich heut, was mich zum Knecht gemacht.
Noch ist keine Sehne mir verdorrt.

Allzu vielen frechen Staatsphilistern
Unterwarf ich mich in halbem Scherz;
Manchem Pinsel trug ich fromm die Schleppe;
Denn mir ward ein täppisch-dummes Herz.
Auch das Nerglerpack, perfid und faul,
Schlag' ich nächstens unversehns aufs Maul
Schlank und gut mit einem Werk von Erz.

Kann mok'n, wat ick will.

Auf dem Heimweg durch das Dunkel, Liebchen,
Eine Garbe goldnen Feuers stieg
Wirbelsausend mir empor im Kopfe,
Und das Klopfen meines Herzens schwieg.
Weit aus Fernen her die Stimme flog,
Jene Stimme, die mich nie betrog:
Kampf und wildes Leid – und Sieg! und Sieg!

– – – – – – – – – – – – – – –

Holde, warme Regenflut von Küssen . . . .
Liebchen, brach der Sommer schon herein?
Solch ein Opfer innersten Entflammens,
Göttern kann es nicht bereitet sein. –
Als im Osten gelb der Morgen stand,

Riß ans Herz sie betend meine Hand,
Und versöhnt mit Bacchos schlief sie ein. –

Ich weiß nicht: war es das Gedicht, war es sein unwiderstehlich gewinnender, treuherzig-graziöser Vortrag oder war es nur meine alte Vernarrtheit in diesen blanken, reinen Menschen, der sich in allem ohne Rückhalt gab: schon lange erfüllte mich ganz ein Gefühl entzückter Spannung, als müßte ich aufspringen und diesem frommen Teufelskerl aus allen Kräften eins auf den runden und gesunden Kopf hauen – aber gerade deshalb hielt ich mich zurück. Seltsames Gefühl, das uns Männern die Herzen zusammenzieht, wenn sie sich am reichsten ineinander ergießen möchten.

»Des Weibes Keuschheit geht auf ihren Leib,
Des Mannes Keuschheit geht auf seine Seele,
Und eher zeigt sich dir das Mägdlein nackt,
Als solch ein Jüngling dir das Herz entblößt.«

sagt Hebbel.

»Sehr gut,« sagte ich wie ein Schulmeister, der einen Aufsatz über den Nutzen des Rindes zensiert. »Jetzt kennst du sogar schon die Reize einer mondbeglänzten Gardinenpredigt. Und eine eheliche Zärtlichkeit entwickelt dieser Mensch – hör mal, von wannen kommt dir eigentlich all solche Wissenschaft, du Jungfrau von Orleans? Als »Moderner« sollte man eigentlich dergleichen nicht behandeln, ehe man's erfahren hat.«

»Aaah! Spaßvogel! – Kennst du »Mignon«? Die Ballade mein' ich, von Goethe?«

»Na, und?«

»Die machte Goethe bekanntlich, *ehe* er Italien gesehen hatte.«

»Sehr schön. Eben darum schildert er auch Italien, wie es *nicht* ist. Er fragt sehr schön: ›Kennst du das Land?‹ – und kennt es dabei selbst nicht.«

»Siehst du? Und das war ja sein großes Glück. Denn nun schilderte er uns ein weit herrlicheres Land als Italien: die Heimat der Sehnsucht nämlich. Siehst du, das ist das Land der Sehnsucht, was er da gibt; *das* ist wirklich mal *Sehnsucht,* was durch diese Strophen seufzt. Das ganze Gedicht sieht einen ja unausgesetzt mit zwei großen, feuchten Augen an! Nachher, weißt du, wenn man erst gesehen, *genossen* hat – ja, dann gibt's keine Sehnsucht mehr. Dann hat man Verlangen, Begehren, Begierde – aber keine Sehnsucht. Sehnsucht ist keusch, unschuldig, ganz unschuldig.« Er verfiel in Sinnen und ging schweigend ein paarmal auf und ab. Dann setzte er sich plötzlich zu mir aufs Sofa.

»Mensch! Die Stelle

> Und Marmorbilder stehn und sehn dich an:
> »Was hat man dir, du armes Kind, getan?« –

Geht es dir auch so? Ich fang' immer an zu flennen, wenn ich das lese. Siehst du, das ist so eine Stelle, die nur einmal gefunden werden kann; die hat keiner vor ihm gefunden und kann keiner nach ihm finden. *Das* ist Unschuld! Weißt du, wenn ich in der Kunsthalle da unten links, in dem Saal für antike Plastik sitze, natürlich *allein*, dann hab' ich jedesmal das Gefühl: dann drehen sie mir schließlich langsam und leise den Kopf zu und wir führen ein heimliches, lautloses Gespräch, und aus ihrer heiligen Welt herab fragen sie mitleidig den armen kleinen Menschen da unten, was ihm denn eigentlich fehlt, was ihm so recht im Innersten – im *Allerinnersten* – fehlt.«

»Na, du armes Kind, ich will dir ja auch nichts tun; im Gegenteil, mir gefällt dein Gedicht. Das ist also gewissermaßen als Vorfrucht zum Prolog gewachsen. Wann willst du denn an den Prolog gehen?«

»An den Prolog? Das ist ja der Prolog!«

»Das ist – na, mach doch keine Witze, wieso ist denn das der Prolog?«

»Ja, warum soll denn das *kein* Prolog sein? Kannst du dir die Existenzberechtigung der Gastwirte überzeugender und – dezenter, schmeichelhafter verteidigt denken?«

»Das ist ja wohl richtig,« gab ich nachdenklich zu; »aber eben weil die Sache viel zu dezent, viel zu zart ist – ach Mensch, sei doch nicht verrückt: das nimmt ja doch keiner für einen *Prolog!* Das willst du doch nicht als 'nen *Prolog* vortragen –!«

»Ganz bestimmt will ich das!«

»N–na!!!« rief ich, indem ich meine Resignation durch eine möglichst gereizte Höhe des Tones zum Ausdruck brachte.

»Was glaubst du denn eigentlich, was diese Leute von einem Prolog erwarten?« fuhr ich fort, nachdem ich wieder Atem geschöpft hatte. »Doch natürlich

> Brüder, reicht die Hand zum Bunde,
> Wieder floß ein Jahr dahin,
> Heut in dieser Feierstunde
> Schwört mit treuem, deutschem Sinn

u. s. w. und dann selbstverständlich den Nachweis, daß der Hümpeldorfer Restaurateurverein so recht eigentlich als der Nährboden des deutschen Idealismus zu betrachten ist, oder sagen wir wenigstens: als idealer Hort der Menschheit. In deinem ganzen Prolog kommt nicht 'n einzigesmal das Wort »Ideal« vor! Siehst du, *das* wollen die Leute!«

»Das will *ich* aber nicht. Ich bin doch kein Bierversapparat mit Luftdruck!«

»»Mit Luftdruck« ist nicht übel; aber ich prophezeie dir einen Reinfall mit diesem Prolog. Eigenartig ist er ohne Zweifel; ich bin überzeugt, daß ein solcher Prolog noch nie erhört gewesen ist. Siehst du: wenn ich der Restaurateurverein wäre – oder wenn Gesa Klingenfeld der Restaurateurverein wäre – dann wäre ja alles in schönster Ordnung; so aber nicht.«

»Du kannst dich doch sehr täuschen darin. Gerade bei schlichten, einfachen Leuten findet man oft ein sehr feines, instinktives Verständnis für die zartesten Reize eines Kunstwerks.«

»Jawohl. – – Prost! – – Bei Müllerknechten und Matrosen vielleicht. Aber nicht bei Schmalzbürgern. – Was willst du denn vorlesen?«

»Ich wollte Liebeslyrik von Goethe nehmen – und vielleicht das eine oder andere von seinen »Geselligen Liedern« und eventuell einige Balladen.«

»Von *Goethe*. – Du meinst doch den alten, wirklichen Goethe, den von 1749, wie?«

»Ja, wen meinst du denn?«

»Ooh – ich meine gar nichts.«

»Das ist den Leuten wirklich noch neu. Sie haben Goethe gar nicht, die Deutschen *haben* ihn noch gar nicht. Sieh mal, so etwas – er ergriff einen Band, der aufgeschlagen auf der Fensterbank lag –

> Ich kann sie kaum erwarten,
> Die erste Blum' im Garten,
> Die erste Blüt' am Baum.
> Sie grüßen meine Lieder,
> Und kommt der Winter wieder,
> Sing' ich noch jenen Traum.
> Ich sing' ihn in der Weite,
> Auf Eises Läng' und Breite,
> Da blüht der Winter schön!
> Auch diese Blüte schwindet,
> Und neue Freude findet
> Sich auf bebauten Höhn.«

sieh mal: so etwas, das ist noch alles unentdeckt; für das *Volk* ist das noch unentdeckt. Sie sagen: Aber Schiller hat doch viel schönere Gedichte gemacht: »Freude war in Trojas Hallen« u. s. w. Ein solcher Irrtum ist doch schrecklich, wenn man bedenkt, was die Leute sich entgehen lassen! Man muß das Blut aus diesem Goetheschen Riesenherzen, die tausend schwellenden, klingenden Bäche, man muß sie den Leuten *unmittelbar* in die Adern leiten – durch Transfusion – das muß man durch den Vortrag machen – ich kann das nicht so sagen, wie ich's meine – das ist etwas Mystisches.«

Vor diesen großen, glänzenden Augen zog ich mich schweigend zurück. Solch ein Glaube steckt an. Mir wurde warm und frei ums Herz. Mein Gott, es *konnte* ja sein! Was kann wohl bestehen vor göttlicher Kraft und menschlicher Hoffnung!

»Nun gut,« sagte ich nach einigem Besinnen, »tu was du willst; ich rate dir nicht ab. Denn erstens bist du ein Dickkopf und tust doch, was du willst, und das ist ja auch eigentlich das einzig Richtige auf dieser Welt – und zweitens hast du ja im Grunde genommen recht. Wenn man sich zum Spaßmacher für den Pöbel macht, so verlumpt man unrettbar. Dann noch lieber versuchen, ihn an den Ohren emporzureißen. Aber eines noch! Bei deinem ganzen Programm hast du natürlich nur an das Mädchen Klingenfeld gedacht –«

»O bewahre, ich hab' ans Publikum gedacht –«

»Na ja, also an Fräulein Klingenfeld. Aber ich wollte dich nur bitten: denk nicht *ausschließlich* an sie; vergiß nicht, daß auch noch andere da sind; du verstehst mich wohl?«

»Ja, ja, hab nur keine Angst!«

»Und dann noch eins, was mir sehr wichtig scheint: Wenn sie nun gar nicht da ist?«

»Was? Ach – –!« Er wurde bis in die Lippen hinein blaß. »Nein du, das glaub' ich nicht. Sie weiß ja meinen Namen, und wenn sie hört, daß ich vorlese, dann kommt sie bestimmt.«

»Bestimmt? Woher weißt du denn das so bestimmt?«

»Nun – das weiß ich eben. Das weiß man dann doch so, nicht wahr?«

»Ja – *ich* weiß es jedenfalls *nicht!* Aber ich komme ja auch zu Kapellmeisters. Ich werde mal 'n bißchen spionieren.«

»Ja, aber daß du um Gottes willen nichts verrätst!«

»Asinus! – Bin ich denn ein *Esel?*«

»Das nicht, aber –«

»Aber ich könnte doch so dumm sein wie'n Esel, meinst du. Fürchte nichts, Teuerster; ich bin ja nicht verliebt!« – – – – – – – – –

Den schlanken Kapellmeister Schwenk – er gehörte zu den ewig schlanken Menschen und hatte elegante Dirigentenbewegungen, was die Frauen besonders lieben; daß er sehr gute Musik machte, kam weniger in Betracht – also Herrn Schwenk fand ich am Klavier sitzend und damit beschäftigt, eine Phantasie über Verdis Falstaff durchzugehen, wozu er auf einer unglaublich langen und dicken Regalia in aller Form Klarinette zu blasen schien. Er war, als ich eintrat, gerade bei der wunderhübschen Stelle, da Sir John von seiner Jugend spricht, von jener Zeit, da der »aufgedunsene Ballen Wassersucht« noch ein Page war und ein schmiegsames Bürschlein, das die Frauen hätschelten und das sich hätscheln ließ, bis er infolgedessen den leisen Übergang machte zum »gebratenen Krönungsochsen«.

»Moign, Moign! nehmen Sie Platz, nehmen Sie Platz! – Augenblick!« rief Herr Schwenk, ohne sich im Greifen und Blasen stören zu lassen. Dann, als er fertig war, drehte er sich mit dem Klavierbock mir zu, indem er mir beide Hände reichte.

»Was machen Sie? Kommen Sie, stecken S' sich 'n Zigarre an.«

Er präsentierte seine Kiste mit Havannaknüppeln.

»Neulich war Ihr Busenfreund hier, Herr Robert Sommer, Robert heißt er ja wohl, wie? Feiner Kerl! Scheint sich gleich verliebt zu haben!«

»In wen?« rief ich, und es gelang mir ohne große Mühe, zur Bildsäule zu erstarren.

»In die kleine Klingenfeld. Kennen Sie sie? Brillantes Mädel. Hübsche Stimme; gerade keine große Stimme, aber wunderhübsch.«

»Ja aber, wie kommen Sie darauf, daß er sich verliebt haben soll – «

»Na hör'n Sie mal, so was sieht man doch! Nachdem sie 'nander vorgestellt waren, sprachen sie beide keinen Ton mehr – als sie noch mal singen sollte, lehnte sie erschrocken ab, mit einem Erröten, sage ich Ihnen –. Und erst als sie schon 'ne Viertelstunde weg war, wurde er wieder lebendig. Na – woll'n Sie noch mehr Beweise? Und außerdem – überhaupt – ›er scheint ihr gewogen und sie ihm auch: das ist der Lauf der Welt‹.«

Er griff mit seinen langen Fingern eine übermütige Passage.

»Aber das sollte mir wirklich leid tun,« sprach ich besorgt, »wenn er sich schon mit Liebesgedanken trüge. Er hat ja noch gar keine Zukunft.«

»Kikikikiii! Angstmeier! Seit wann spielen Sie denn Väterrollen? Was heißt überhaupt Zukunft? Die Hauptsache ist, daß der Mensch 'ne Vergangenheit hat!«

»Pst – wenn das Ihre Frau hört –«

»Meine Frau ist ja nicht zu Hause!«

»Ach soo, darum!«

Er wühlte mit furchtbarer Gewalt in den Kontratönen herum.

»Überhaupt, was woll'n Sie? Ich hab' mich mit neunzehn Jahren verheiratet, und das war mein einziger gescheiter Streich damals. Meine Frau – na ja, etwas Satan ist sie ja, das kann ich nicht anders leugnen – aber im übrigen – ihr verdanke ich alles –«

Er schlug im schärfsten staccato den A-dur-Akkord an.

»Alles. – Sie hat mich hochgehalten. Sonst wäre ich verkommen in den Tingeltangels, wo ich für drei Mark pro Abend das heulende Elend begleitete.«

»Ja, das war nun mal so in *Ihrem* Fall. Darum braucht es aber nicht immer so zu gehn. Nein, mir sollte das, wie gesagt, leid tun – ich halte es geradezu für ein Unglück für ihn, wenn er –«

»Aber Mann, was wollen Sie denn? Der Papa ist ja reich – oder doch wenigstens sehr wohlhabend. Er soll allerdings so'n bißchen Prozeßhansl sein – hier – wie heißt er doch noch – Dr. Kramer, der führt seine Prozesse, soviel ich weiß – wenn er dabei nicht zuviel verpulvert hat, dann muß er Geld haben. Ich kenne eigentlich nur die Mama; sie brachte mir ihre Tochter zur Klavierstunde. Die Mutter sieht so'n bißchen gedrückt aus – als wenn sie früher mal was Nobleres vorgestellt hat.«

»So. Na – ich will ja schließlich die Tochter nicht heiraten. Im Grunde interessiert mich also die ganze Geschichte ziemlich wenig.« In diesen Worten verbarg ich ungemein geschickt die Freude darüber, daß ich in meinem ehemaligen Kieler Konkneipanten

Kramer eine neue Etappe zur Familie Klingenfeld entdeckt hatte. Um aber meine Absichten vollends zu verschleiern, fuhr ich fort:

»Ich wollte Sie eigentlich nur fragen, ob Sie mir fünfzig Mark pumpen können.«

»Aber mit Wollust! Woll'n Sie hundert?«

»Nee, danke! Ich weiß nicht mal, ob Sie diese fünfzig wiederkriegen.«

Er lachte ersichtlich mit großem Vergnügen und händigte mir das Gold aus, das für meinen Sommer und mich doch wieder wenigstens eine Woche Dasein bedeutete.

»Aber wenn ich an dieser Zigarre sterben sollte, können Sie mich auf Ihre Kosten begraben lassen.«

»Wieso? Ist sie Ihnen zu stark? Ja, warum sagen Sie denn das nicht?«

Er war mit zwei Schritten seiner langen Beine im Nebenzimmer und kam im nächsten Augenblick mit einem Stapel Kisten zurück, der ihm bis unters Kinn reichte.

»Machen Sie doch keine Geschichten –«

»Sehn Sie, hier haben Sie eine sehr zarte Felix –«

»Ich danke, ich danke!«

»Und hier haben Sie eine Sumatra mit Yara-Kuba, die kann 'n Säugling rauchen –«

»Danke, danke!«

»Und hier haben Sie – oder woll'n Sie 'ne Zigarette rauchen? Hab' ich auch –«

Er wollte wieder hinausstürzen; aber ich packte ihn rechtzeitig am Arm.

»Hören Sie auf, Sie – Nikotinprotz! Ich habe bis morgen noch an Ihrer Regalia genug, und dann habe ich noch acht Tage an den Folgen. Leben Sie wohl!«

»Na ja, wenn Sie Ihr Glück von sich stoßen – denn adjüs! Kommen Sie bald wieder!«

»Ja – wenn ich wieder Geld brauche –«

Er umklammerte meinen Oberarm mit seinen Zwei-Oktav-Fingern und schüttelte ihn unter lautem Lachen. – – –

Mit meinem Freunde Kramer mußt' ich anders verfahren. Er war schlau, sehr schlau; bei ihm mußte ich also gerade und bieder auftreten.

»Sag mal, mein lieber Kramer: du hast einen Klienten in Hümpeldorf.«

»Stimmt, hab' ich.«

»Der heißt Klingenfeld.«

»Stimmt ebenfalls. Was ist mit dem?«

»Den möcht' ich kennen lernen.«

»Soso! – Der hat auch 'ne Tochter.« Das satanische Lächeln meines Freundes machte mir viel Pläsier.

»Ich weiß,« sagte ich.

»Sooo – du kennst sie?«

»Ich habe sie einmal flüchtig gesehen.«

»So. Na – die kannst du dann ja auch kennen lernen.« Kramer tat sich offenbar nicht wenig zu gut auf die Kraft seiner Ironie.

»Ja,« erwiderte ich; »aber zunächst möchte ich den Papa kennen lernen.«

»Ist auch sehr wichtig. – Verdienst du viel Geld? Du mußt diese indiskrete Frage entschuldigen; aber ich stelle sie in deinem Interesse.«

»Bis jetzt verdiene ich gerade nicht viel; aber das kann ja noch kommen.«

»Ja, dann muß es sich aber beeilen. Herr Klingenfeld ist darin sehr praktisch.«

»Willst du mich mal mitnehmen?«

»Mit dem größten Vergnügen natürlich. Du wirst mir ja durch gewissenlose – Don Juanerien keine Schande machen –«

»Nie!«

»Übrigens hast du keinen üblen Geschmack. 'n schönes Kind.«

»Nicht wahr?«

»Ich brauche sie nur zu nennen, dann macht meine Frau schon 'n steifes Gesicht und sagt: ›Ein reizendes Mädchen.‹ – Paßt es dir am Sonntag?«

»Gewiß.«

»Gut, dann fahren wir zusammen hinaus. Ich kann mir ja leicht 'n Gewerbe machen; ich hab' doch das eine oder andere mit ihm zu besprechen.«

»Wie steht denn seine Sache?«

»Steht nicht schlecht. Kennst du die Geschichte?«

»Nein.«

»Na, er liegt im Prozeß mit seiner Gemeinde. Er hat da auf seinem Grund und Boden nämlich einen großen Flußteich, der nach seiner Behauptung sehr fischreich ist. Nun wollen sie eine Sielanlage machen und die Abflüsse durch seinen Teich leiten, und dadurch werden natürlich die Fische, wenigstens zum großen Teil, getötet oder vertrieben werden. Die Gemeinde will ihm selbstverständlich Schadenersatz leisten, aber lange nicht so viel, wie er haben will. Es scheint aber, als wenn die Richter seiner Sache ziemlich günstig sind. Er möchte natürlich am liebsten auch sein Gemütsinteresse an den Fischen bezahlt haben und das gibt's allerdings nicht.«

»Nein, Gemüt gibt's bei euch nicht. Also am Sonntag? Um wieviel Uhr?«

»Sagen wir um drei.«

»Gut. Ich hole dich ab. Vorläufig meinen besten Dank!«

»Und nachher?«

»Das findet sich. Addio!«

»Addio.« Auch dieser Mann entließ mich mit einem zufriedenen Lächeln. – – – –

Zerstreut, wie ich zuweilen bin, fehlte mir nicht viel, daß ich »Guten Tag, Herr Hummer!« sagte, als wir Herrn Klingenfeld vor der Tür seines Gartens erblickten. Die allzu große Lebhaftigkeit meiner Vorstellungen und die allzu bereite Dienstwilligkeit meiner Zunge hat mich wiederholt in die tödlichste Verlegenheit versetzt, so z. B. als ich nach einem Gespräch mit einem würdigen Juristen ein Wort über das Wetter sprechen wollte und, nach den Wolken zeigend, »Alter Gauner« sagte, oder als ich, einer angeblichen Dichterin vorgestellt, deren unerhörter Umfang mich geradezu hypnotisterte, mit höflicher Verbeugung das Wort »Doppel-Sappho« hervorstieß. Gesicht, Hals und die entblößte Brust des Herrn Klingenfeld waren in der Tat von einer Röte, daß es unmöglich war, bei ihrem Anblick etwas anderes als Hummer zu denken. Wenn es mir diesmal trotzdem gelang, meine Zunge noch im letzten Augenblick einzufangen, so lag das wohl daran, daß die Gestalt des Rentners schon durch ihr bloßes Erscheinen niederschlagend wirkte. Das Kinn dieses Mannes erging sich in zahlreichen Wiederholungen, und seine blendend weißen Haare standen mit jenem unmotivierten, dafür aber desto starreren Eigensinn empor, wie man ihn nur bei Haaren findet. Ich kannte einen Mann von eiserner Energie, der die achtundsiebzig Jahre seines Lebens gegen eine Art Indianerbüschel kämpfte, das seinen Wirbel zierte. Er, der Sohn einer Waschfrau, hatte es zum Regierungspräsidenten gebracht; aber noch über sein zur ewigen Ruhe gebettetes Haupt ragte unbeugsam jener Schwipps empor, mit hämischem Triumph über die Kleinheit menschlichen Wollens. Herr Klingenfeld empfing uns in Hemdärmeln und Pantoffeln und mit langer Pfeife, und man sah es ihm an, daß diese Dinge ihn mit ganz demselben Gefühl der erweiterten Peripherie und der gehobenen Persönlichkeit erfüllten wie andere ein Galakostüm. Dr. Kramer deutete kurz den Zweck seines Besuches an und stellte mich als einen Freund vor, der zur Gesellschaft mitgegangen sei. Aus den Leibestiefen des Herrn Klingenfeld grollte ein langhinrollender Donner herauf, der mir erst, nachdem er verhallt war, als eine Einladung klar wurde, näherzutreten und uns in die Laube zu setzen. Und darauf erst nahm unser Wirt Gelegenheit, mit einem geringschätzigen Knurrlaut die beiden maßlosen Doggen zu beschwichtigen, die sich seit unserem Eintritt in den Bannkreis des Klingenfeldschen Anwesens für meine Beinkleider interessierten.

Wir drei durchschritten den Garten und – ich weiß nicht, was es war: aber gleich diesen Garten mußte ich lieb haben. Ich liebe Gemüsegärten, große, reinliche, wohlgepflegte Gemüsegärten. Überall war das erste helle Grün hervorgeschossen, wie es die freundliche Frische des Mai hervorlockt. Auf schöne Blumengärten und Parks verstehen sich so wenig Menschen; so ist es besser, sie pflanzen saubere geradlinige, lachende Nutzgärten. Es ruht auf ihnen ein so redlicher, gütiger, dem Menschen freundlicher Geist und mit dem guten und reichlichen Geschenk, das sie bieten, vereint sich doch die zarte Unschuld und Schönheit der Pflanze.

Der Donner des Herrn Klingenfeld weckte mich aus meinen Betrachtungen.

»Geesche«! rief er in den Hausflur. »Geesche! – Bring mol den Snaps rut un dree Gläs'. Segg Murrer, se sall ook rutkom'n.«

»Sett di man dok!« wandte er sich dann an mich, der ich noch nicht Platz genommen hatte. Es war mir gleich aufgefallen, daß er meinen Freund duze; jetzt entdeckte ich, daß ich mit Herrn Klingenfeld auf dem gleichen vertrauten Fuße stände.

Mein Freund Kramer hatte indessen offenbar kein Organ für solche Naturen wie die unseres Wirtes, Naturen, die das untrügliche Gefühl haben, daß südlich der Weser, eigentlich schon südlich der Elbe die allgemeine Falschheit beginnt, und die alles verstehen, ohne indessen etwas zu verzeihen, wenn sie von einem rechten Heimtücker hören: »Da's sunn Hoochdütschen« oder »Da's sunn Kathoolschen«. Kramer sprach hochdeutsch mit ihm und siezte ihn!

»Jo, ick wull di man eers dorchlot'n,« antwortete ich Herrn Klingenfeld, indem ich zurücktrat und ihm ehrerbietig den Weg zu einem bequemeren Sessel freimachte.

Der Alte betrachtete mich mit aufmerksamen Augen, indem er sich zu seinem Stuhle durchzwängte.

»Sieh, dat ma'ck liden!« rief er dann. »Du kanns doch weenigs'ns plattdütsch snacken. Hier din Fründ, da's 'n Dütschverdarber, dee kann blooß Hoochdütsch.«

»Herr Klingenfeld erkennt das Hochdeutsche nicht als eine menschliche Ausdrucksweise an,« bemerkte Kramer.

»Nee, dat is dat ook ni!« rief der Alte mit einem gewissen Fanatismus, »'n ondlich'n Kerl mutt plattdütsch snacken könen; wat meens du?« Diese Frage galt mir.

»Ganz min Meenung,« antwortete ich treuherzig.

Kramer warf mir einen vergnügten Blick zu, als wollte er sagen: »Schlaumeier.«

»Miu Froo un min Kinner snackt ook ümmer Hoochdütsch, un ick kann jem dat ni afgewenn'n. Das is nämlich ›gebildeter‹!«

Ich verwünschte im stillen die Diplomatie; sie brachte mich in einen tragischen Konflikt. Sollte ich gegen die Frauen Partei ergreifen?

»Jooo,« bemerkte ich mit nachsichtiger Milde, »wenn man dor ni an geweunt is, denn is dat jo ook'n sehr swere Sprok, dat Plattdütsche.«

»Jo, dat wull ick meen'n!« pflichtete mir Herr Klingenfeld mit echt philologischem Hochmut bei.

In diesem Augenblick erschien Fräulein Klingenfeld mit einem Teebrett.

»Da's min Dochter,« erläuterte unser Wirt.

Bevor ich dem neugierigen Leser sage, daß es Lütjenburger Kümmel war, den sie brachte, muß ich bemerken, daß ich nicht aus Höflichkeit, sondern aus innerster Überzeugung aufsprang und mich verbeugte.

»Mein Name ist Scharff,« ergänzte ich die Vorstellung des Papa.

Gewissen Menschen gegenüber ist Rührung das erste Gefühl, das uns bei ihrem Anblick ergreift. Alle Härte und Traurigkeit der Welt drängt sich in einem solchen Augenblick in unserm Herzen zusammen und auf diesem großen, trüben Hintergrund erscheint einsam, ganz einsam solch ein Bild von Anmut und Unschuld.

›Nein, doch nicht einsam!‹ rief es hell in mir. *Die* gehört meinem Sommer!

Inzwischen war freilich auch der Gedanke in mir aufgestiegen, mich einzudrängen zwischen sie und meinen Freund. Aber dieses jäh aufgeschossene Pflänzchen knickte sogleich um. Ich hatte so eine bestimmte Ahnung, als wenn ich doch kein Glück damit haben würde.

Und dann wollte ich aufspringen und sogleich um sie werben für meinen Freund: ganz offen, ohne allen Rückhalt. Reinen Wein! Aber das wollte ich nur, so lange ich Gesa ansah. Die Stimme des Herrn Klingenfeld riß mich schnell aus meiner traumtrunkenen Narrheit.

»Da's min Froo,« erklärte er.

Ich schnellte empor; denn ich hatte die Annäherung der Mutter nicht bemerkt. Diesmal übernahm Kramer die zweite Hälfte der Vorstellung.

»Mein Freund, Herr Dr. Scharff aus Hamburg, der so freundlich war, mir Gesellschaft zu leisten.«

»Vielmehr: Herr Dr. Kramer war so freundlich, mich hieher zu Ihnen mitzunehmen, wofür ich ihm ganz besonders dankbar bin.«

»Seien Sie uns herzlich willkommen,« sagte Frau Klingenfeld mit einer fast klagenden Stimme und doch mit einnehmender Freundlichkeit.

Es bedurfte keines besonderen Scharfblicks, um etwas Gedrücktes im Wesen dieser Frau zu bemerken. Und ebenso leicht war die Ursache zu entdecken. Zu diesem Manne konnte sie, selbst in jungen Jahren, kaum eine Neigung getrieben, noch weniger konnte sie wohl ein innerstes Gefühl an ihn gefesselt haben.

»Könnten wir jetzt unsere geschäftliche Angelegenheit erledigen?« fragte Kramer.

»Jo, kumm man mit,« sagte Herr Klingenfeld, indem er sich erhob. »Du muß di so lang 'n bitt'n mit de Froonslüd vertelln,« wandte er sich an mich, »ick mutt hier eers mol mit denn Winkelavkot snack'n.«

Kramer lächelte. Er verstand Spaß, besonders bei geschäftlichen Verhandlungen; vorausgesetzt natürlich, daß der Spaß nichts mit dem Geschäft zu tun hatte.

Je länger ich plaudernd mit den Damen – die Mama natürlich in der Mitte – die Gartenwege auf- und abschritt, desto mehr erstaunte ich über mein Reklametalent. Mein Gott, was für Fähigkeiten schlummern zuweilen in einem Menschen! Ich brachte den Frauen, nicht durch ruhmredige Anpreisungen – die nur dem Angepriesenen nachher einen schweren Stand bereiten – sondern durch teuflisch versteckte Andeutungen und höchst allgemeine, sublim orakelnde Sentenzen eine Meinung von der Kunst meines Freundes bei, daß sie beide Geiseriche hätten sein müssen, um keine unbezwingliche ästhetische Begier zu empfinden. Auf den großen Moment, da ich zuerst den Namen »Robert Sommer« sprach, verwandte ich natürlich besondere Aufmerksamkeit. Ich sprach mit vorzüglicher Artikulation: »Mein einziger Freund Ro–bert – Som–mer –«« Und – o entzückend zum Küssen! – sie steckte sofort, blitzschnell, den Kopf mit neugierigem Näschen heraus und sah mich mit großen alles erfragenden Augen an. Zufällig machte ich im selben Augenblicke mathematisch genau dieselbe Bewegung, und das hatte zur Folge, daß sie schnell in die Johannisbeersträucher blickte und dabei eine gewisse Ähnlichkeit mit ihrem Papa zeigte: sie wurde annähernd so rot wie er. Die Mutter schien eine etwas altmodische Bildung zu haben; sie gebrauchte »wegen« mit dem Dativ; auch nahm sie es mit dem Imperativ nicht genau, als sie zu ihrer Tochter sagte: »Vergeß morgen nicht, mir die Gedichte von Novalis mitzubringen.« Auch Salis-Seewis liebte sie; auf ihre Jugend hatten ersichtlich Traditionen aus jener Zeit Einfluß gehabt, da man noch »traute Heimat meiner Lieben« deklamierte und mit schnell umflorten Blicken zu singen pflegte: »Ich denk' an euch, ihr himmlischschönen Tage der seligen Vergangenheit!« Aber sie hatte daneben auch das feinere und innigere geistige Leben unserer Eltern, die vor unserer Epoche der Roheit erwachsen waren. Die Tochter hatte sich ersichtlich ganz und gar dem Einflusse der Mutter zugeneigt; aber ihre Bildung schien sauber und modern im Stand zu sein. Man hörte dies auch daran, wie sie ihre Muttersprache behandelte: Es gibt eine Art, vornehm und unmaniert zu sprechen, der man schon nach wenigen Sätzen die solide Geisteskultur anmerkt. Ein paar englische Worte sprach sie allerdings etwas zu deutsch; aber andererseits konnte ich doch nicht umhin, mir im stillen zu gestehen, daß ihre Lippen sogar das »Döbbel-Juh« mit einer entzückenden Grazie wälzten.

Die Damen hatten sich im ganzen nicht schlecht auf dem laufenden erhalten; sie besuchten offenbar hin und wieder die Hamburger Konzerte und Theater. Das war bei dem zweifellosen amusischen Widerspiel eines Herrn Klingenfeld sicherlich keine Kleinigkeit. Dergleichen setzte wohl die Frau Mutter durch. Sie hatte um den etwas vergrämten Mund jenen Zug, den man nicht selten bei Frauen in dieser Lage findet, jenen Zug reservierter Energie, die in äußersten Fällen sich doch zu behaupten weiß. Daß Herr Klingenfeld sich entschließen werde, mit seinen Damen auf das Fest der Restaurateure zu gehen: das erschien freilich beiden Damen mindestens zweifelhaft.

»Wir gingen so unendlich gern hin, Herr Doktor; ich möchte so gern einmal einen Menschen wirklich rezitieren hören; aber ich glaube nicht, daß mein Mann das tut. Wir sind ja sozusagen mit der ganzen Gesellschaft hier verfeindet. Und sehen Sie: allein können wir doch auch nicht hingehen; was würden die Leute sagen!«

»Ja, sollte es denn ganz unmöglich sein, Ihren Herrn Gemahl dazu zu bewegen? Darf ich nicht mal mit ihm darüber sprechen?«

Frau Klingenfeld zuckte die Achseln. »Sagen können Sie es ihm ja; aber nützen wird es nichts.«

»Wollen Sie mir beistehen, meine Damen?«

»Was in meinen Kräften steht, will ich gern tun,« sagte Frau Klingenfeld lächelnd, »aber – nun, versuchen Sie es, Herr Doktor!«

»Gut.«

»Sie können so gut plattdeutsch mit Papa sprechen; das hat er so gern!« Diese Stimme kam wieder um die Ecke. Ich beeilte mich, wieder um die Ecke zu sehen, kam aber diesmal zu spät; schlauerweise untersuchte sie schon wieder die Johannisbeersträucher.

Ein fernes, dumpfes Grollen zeigte uns an, daß Herr Klingenfeld mit seinem Besuch wieder im Garten war. Wir gesellten uns wieder zu den Herren, und Kramer drückte, indem er mich ansah, in höchst überlegener Weise das eine Auge zu. Es ist ein wohliges Gefühl, schon mit einem Auge alles zu durchschauen.

»Meine Damen und Herren,« begann Kramer, »ich habe hier in Hümpeldorf noch eine Reihe von Geschäften zu erledigen, die meinen Freund Scharff aufs höchste langweilen würden. Ich zweifle auch keinen Augenblick, wofür er sich entscheiden wird, wenn er die Wahl hat zwischen Hierbleiben und Mitgehen. Wollen Sie, gnädige Frau, ihm noch ein Stündchen Obdach gewähren – vorausgesetzt natürlich, daß er sich inzwischen gut betragen hat.«

Er war doch ein netter Kerl, der Kramer. Das stand fest: meinen ersten Prozeß sollte er führen.

Frau Klingenfeld öffnete den Mund zu einer jedenfalls liebenswürdigen Entgegnung; aber die Entscheidung kam, ehe sie sprechen konnte, von seiten ihres Gemahls.

»Da's rech, min Jung, du drinks mit uns Kaffee; lot denn Halsafsnider man loopen.«

Er massierte mir dabei in laienhaftester Weise die Schulter und schien in vorzüglicher Laune. Kramer entfernte sich mit lautem Lachen, und die Damen riefen ihm mit etwas verlegenem Lächeln ein »baldiges Wiedersehen« nach.

Nachdem ich mich von meinem Erstaunen über die grenzenlose Tasse, deren sich Herr Klingenfeld beim Kaffeetrinken bediente, einigermaßen erholt hatte, begann ich den Angriff.

»Dor's ümmer 'n Barg Opregung bi, bi sunn ol'n Prozeß,« sprach ich, wie es mir schien, mit teilnehmender Stimme.

»Opregung? Nee, min Jung, dor reg ick mi gorni um opp,« rief Herr Klingenfeld aufgeregt. »Weeß du, de Kerls sünd jo veel too dumm, as dat ick mi dor um opregen sull. Dat sünd di sunn dumme Kerls, de künnt wider nix as Fisch dootmoken, da's all, wat se kunnt.« Die Hornhaut des Herrn Klingenfeld nahm erschreckliche Dimensionen an.

»Wat wüllt se denn eegentli?« fragte ich. Ich hoffte auch für mich aus diesem Prozeß noch etwas herauszuschlagen.

»Och, de dummen Kerls möt jo notürli 'n »Woterleitung« un 'n »Sielanlage« hemm. Nu segg du mol, sünd wi nu nich freuer ook *ohne* Woterleitung un Sielen un Klosets un all sunn Dummheiten utkomen?«

Ich schwankte einen Augenblick zwischen Hygiene und Heuchelei, entschied mich aber bald für diese und sagte: »Notürli.«

Die Damen sahen mich zwar etwas erstaunt von der Seite an; aber die kurzsichtige Moral des Volkes darf uns Diplomaten nicht irre machen.

»Ne, se mussen jo notürli 'n Sielanlog hem'm,« fuhr der Hausherr fort. »Se möt ja mit Gewalt städt'sch warn un mit alln's ümmer heuger rut. »Elektrisch Licht« wüllt se nu ook hem'm: de ward öberhaup noch ganz appeldwatsch, de Bande. De Stroten hebbt se ook annere Nomens geb'n; de »Eselstwiet'«, de wär jem jo lang ni »fein« nog; dor hebbt se nu 'n »Brüderstraße« ut mokt. De Gesellschaf snappt öwerhaupt noch öwer vor Hoochmut.«

Nach einer kurzen Pause fuhr er fort:

»Un sunn dumme Kerls, de wüllt mi min Fisch dootmoken. Dor hevv ick nu de langen Johren min Spoß an hatt, un nu wüllt se mi se doot moken.«

»Soo. Un denn wüllt se ook noch ni mak ondli dorfor betolen, wat?«

»Ne, dat wär't jo man grod! Dat is jo man grod ne Haupsok. Dreedusend Mark wüllt se mi geben, de Schinners! Nu sieh mol, wenn sick dat nu ook mit veer Prozent verzinsen deiht, denn durt dat benoh achtein Johr, eh'r sick dat verdubbelt hett, un wat hevv ick denn? Denn hevv ick soßdusend Mark! Ick hevv dor ober jedis Johr wenigstens fivhunnert Mark ut mokt, ut denn Dik. Sieh dat sünd in achtein Johr sünd dat all negendusend Mark! Nääh – ick will dor wenigst'ns soßdusend Mark vor hem'm, vor de Fisch.«

»Jo, – denn mot's dor noch'n ganz godis Geschäff bi.«

»Jä, dat will ick ook. De Dik, de harr jo ook noch ümmer beter warn kunnt, ni? Dor weern jedis Johr weer'n dor meehr Fisch in. Se brukt jo man keen Sielen to moken, de Lootgeeters.«

»Na, nächstn's wüllt se jo wulln grotis Fest hier moken,« warf ich mit blasierter Grazie hin.

»Wer?«

»Na, de Restaurateur-Verein.«

»Och soo, de Fleegenweerten meens du! Soo? Hebbt dee'n Feß? Jo, min Jung, um sunn Hun'ndanz kümmer ick mi ni.«

»Jä, dütt ward jo wull gans grooßortig, mit 'n Proloog un mit Deeklamatschon un Gott weet wat all.«

»Jo, ick segg jo: all sunn Himphamp hebbt se vor, nix as dummis Tüg.«

»Jo, ick snack dor man von, wall min Fründ dor wat vordregen deiht.«

»Wer, Kromer?« fragte Herr Klingenfeld mit einer furchtbaren Entblößung der Hornhaut.

Ich mußte laut herauslachen. Kramer als Dichter! Und als Goethe-Rezitator! Es wäre ungefähr so gewesen, als wenn ein Garderoben-ständer als Ophelia aufgetreten wäre.

»Nee,« rief ich endlich, »wenn ick ›min Fründ‹ segg, denn meen ick eegentli min'n Fründ Sommer.«

»Soo, du heß *noch'n* Fründ. Kann dem den Plattdütsch?«

»Grooßortig!«

»Na. Wat is 'e denn?«

»Schriftsteller.«

»Schriftsteller? Da's 'n ool ungesundis Geschäff.«

»Wieso?« fragte ich höchst verwundert. Papa Klingenfeld konnte doch unmöglich eine Ahnung haben.

»Je, ick hevv mol een kennt, dee weur alle Oogenblick krank, un schließli is 'e ook storb'n. De Doktor sä, dat weur Bleevergiftung un dat keem von sin Arbeit.«

Jetzt ward es mir wunderbar hell. Die Damen lächelten etwas verlegen.

»Och sooo,« rief ich, »du meens ›Schriftsetzer‹! Sunn Mann, de de Beuker *drucken* deiht?«

»Jä, wat meens du denn?«

»Min Fründ Sommer *schrivvt* de Beuker, weeß du; Beuker un Zeitungen un sunn Krom.«

»Soooooo! Zeitungsschriber! Dat hars jo man glik sengn kunnt. Da's ober ook keen scheun Geschäff; dat bringt jo nix in.«

Aha! Da stießen wir endlich auf Grund.

»Ohooo!« rief ich in einer Stellung, als ob ich vor Überraschung mich überschlagen wolle und nur die Rücksicht auf die Anwesenheit der Damen mich daran hindere. »Bringt nix in? Dat segg man joo ni! Min Fründ kriggt for sunn lütt Gedich« – ich zeigte mit den Fingern, wie groß – »foftig Mark.«

Der liebenswürdige Leser wird vielleicht glauben, daß ich gelogen hätte; aber es handelte sich um ein tatsächliches Vorkommnis. Der Tag jener fünfzig Mark und der darauf folgende Morgen hatten sich mit feurigen Lettern in unser Gehirn gebrannt.

»Foftig Mark?« schrie Herr Klingenfeld und nahm die Pfeife aus dem Mund. »For sunn bittn Schriweree?«

»Foftig Mark!« bestätigte ich mit gewichtigem Kopfnicken.

»Nu kik mol an!«

»Un dat mokt 'e denn so in'n Tid vun'n halbe Stunn. Ritsch – ratsch is de Geschichte fertig.«

»Jä sieh,« wandte sich Herr Klingenfeld an seine Frau, »wenn du din Jung noch Schriftsetzer hars war'n loten! Dak lot ick im noch gefallen! – Wi hebbt nämlich noch'n *Jung*,« sprach er wieder zu mir gewendet, »da's 'n Steernkieker. Jo, hee muß jo mit Gewalt wat Hogis warn; na, nu 's hee Steernkieker. Ick wull, hee sull Moller warn oder suns 'n ondlichis Geschäff leehrn, ober hee harr sick dat jo nu inredt, hee muß gans wat ›Gebildtis‹ warn, un sin Murrer stiv em so notürli den Nacken. Na, nu 's hee jo Gott sei Dank Steernkieker, hett ook all ondli 'n lütt'n Steern entdeckt – so, wat hett hee nu dorvon? Dor kann hee doch keen Froo un Kinner vun ernährn. Jä, nu segg du mol, wat is dat nu for'n Geschäff: Steernkieker!«

Ich dachte an Galilei und Kepler und an ihr Schicksal und sagte: »Nee, dat is nix.« Mit den Damen hatte ich mich längst durch intrigante Seitenblicke verständigt.

»Nee,« fuhr ich fort, »dor hett min Fründ Sommer 'n gans anneris Geschäff. Dat verdeent mitunner gans glupsch. Dor hett neulichs 'n Kolleeg von em mit een sunn Theoterstück hunnertdusend Mark verdeent.«

»Wat?« rief Herr Klingenfeld, indem er den Mund nach Art der tauben Leute öffnete und geöffnet stehen ließ.

»Hunnertdusend Mark hett dee verdeent mit 'n Theoterstück.«

»Och, da's jo dumm Tüg!« rief Herr Klingenfeld ärgerlich, »du wullt mi hier wat oppacken. Du muß keen oohle Lüd for'n Buren hollen.«

»Wat ick di segg! Ick kann di jo de Bewise bring'n. Ick meen, wenn dat in de Zeitung steiht, denn ward siek dat jo wull doch soo verholle. Un denn öberhaup: dat kummt sehr häufig vor, dat eener sick Millioon'n mit de Schriberee verdeent – un noch mehr.«

»Nu kik mol an^« stieß der Alte mit abwesenden Blicken hervor. Er rang sich offenbar erst allmählich zum Glauben durch. »Nu sieh mal, wenn ji nu *ook* noch mol wat schrieben deeht,« rief er den Damen zu. »Dee hebbt allns Meugliche leehrt, allns, wat 'n Minsch öberhaup man leehren kann: Franzeusch un Lotinsch – hebbt ji ni ook Lotinsch leehrt?«

Die Damen schüttelten verlegen lächelnd die Köpfe.

»Na, da's ook einerlei – ober schrieben dooht se nix.«

»Ja, dat is nu ook ni so lich as dat utsütt« wandte ich zur Rechtfertigung der Damen ein. »Min Fründ Sommer, de hett nu eben dat Schenie dortoo.«

»Schenie? Wa's dat?«

»Schenie is, wenn eener wat kann, wat keen annern kann.«

»Soo!«

»Min Fründ, de kann öberhaup allns. Hee is ook 'n groot'n Rezitator.«

»Wa's dat?«

»Also – hee deklamiert.«

»Och soo! Gedicht'n oppsengn!«

»Richti!«

»Jo, da's jo keen Kuns! Dat kann hier denn Discher sin Hinnerich ook. Dee Jung, da's sünn lütt'n dree Kees hoch« – Herr Klingenfeld deutete die Höhe von drei Käsen an – »un dee seggt sunn gans langen Semp ut'n Kopp her.«

»Joo!« rief ich verächtlich, »da's ober doch 'n Unnerscheed: min Fründ, de seggt sunn ganzis *Book* ut'n Kopp her!« Ich holte dabei von einem kleinen Bücherbrett einen Band herunter und zeigte ihn; er war etwas dick; aber das schadete ja nichts. Ich hatte denn auch die Genugtuung, Herrn Klingenfeld starr zu sehen.

»Jo, *da's* wat anners!« rief er. »De Mann de mutt jo en bannigen Kopp hemm! – Ober dat is jo doch jammerschod,« sprach er dann, in einen fast wehmütigen Ton übergehend, »dat is jo doch jammerschod, dat sunn Mann ni Geschäftsmann wor'n is. Sunn Mann, de is jo in'n Geschäff gorni mit Geld to betolen!«

»Dat is'e ook ni!«

»Dee kann jo jeedertid 'n Froo mit hunnerdusend Mark verlangen!«

»Dat kann'e ook! Ober ick bin man bang', de Hümpeldorper Fleegenweerten weet em gorni to würdigen; dee sünd too dumm dortoo.«

»*Dee?*« schrie Herr Klingenfeld, indem er die Pfeife aus dem Munde nahm und sich vorbeugte. »*Dee?*« wiederholte er. »Dee sünd soo dumm, dat dat dat – dor – dor –«

Diese Leute mußten wirklich unglaublich dumm sein; denn Herr Klingenfeld rang vergeblich nach einem Ausdruck.

»As ick di seggt hevv,« brach es endlich aus ihm hervor, »Fisch dootmoten, dat künnt se; ober anners künnt se nix.«

»Na, dat sünd jo trurige Utsichten for min Fründ! Wenn man wenigst'ns wuß, dat dor 'n *poor* vernünftige Minschen hinkeemen. Dat is all ümmer vel wert; dor nehmt sick de annern 'n Beispiel an. So as du, tom Beispiel, wenn du mit din Fomilje hinkeems; vor di hebbt se doch jedenfalls Respekt – –«

Die entscheidende Karte war gefallen. Jetzt kam's darauf an, ob der Alte die Farbe bediente.

»Ick?« rief er. »*Dor kann's di op verloten, dat ick hinkom!* Un min Froo un Dochter möt ook mit. Kumm du man mit din Fründ – wann is de Häuhnerkrom?«

»Eenuntwintigsten Mai.«

»Scheun: denn kumm du man mit din Fründ her; ji künnt hier eers bi mi Kaffee drinken un Middag eten un wat ji wüllt – un denn goht wi altosom hin un denn wüllt wi mol seehn, wer von din Fründ wat will.«

»Och, se ward em jo nix doohn!« rief ich zuversichtlich.

»*Dat wull ick ook keenen roden!*« rief Herr Klingenfeld, indem er die geballte Faust auf den Tisch fallen ließ, daß der arme kleine Teelöffel in seiner Tasse entsetzt emporfuhr und kläglich klirrend umhersprang. Ich hatte die richtige Saite getroffen. Als physische Kraftnatur fühlte er sich geschmeichelt, daß man seinen Schutz anrief. – – –

»Na, du scheinst dich ja schon recht warm eingenistet zu haben,« meinte Kramer auf dem Heimwege.

»Ich bin vorläufig zufrieden,« sagte ich.

»Und die Kleine lächelte so verschämt vergnügt.«

»Ja, nicht wahr?« –

Meinem Sommer erstattete ich ausführlichen Bericht. Als ich damit fertig war, faßte ich ihn bei beiden Oberarmen.

»Du willst also das Mädel haben!«

»Na, meinst *du nicht?*«

»Gut denn. Dann mußt du dich im Plattdeutschen vervollkommnen.«

»Na, wenn's weiter nichts ist.«

»Und dich überhaupt 'n bißchen in die Weise dieser alten Leute finden, namentlich des Vaters. Weißt du, wenn wir solchen Leuten gegenüber immer nur die Genialen sein wollen, dann sind *wir* eigentlich die Philister, die nicht aus ihrer Haut herauskönnen und wollen und die 'n steifes Genick haben. Verstehst du das?«

»So ziemlich.«

»Wir als die Klügeren müssen 'n bißchen nachgeben, verstehst du? Nicht viel, aber 'n bißchen.«

»Ja, ja, machen wir.« – – –

Der große Tag war herangekommen. Wir hatten beschlossen, auf der Reise nach Hümpeldorf einen frischen, fröhlichen Spaziergang zu machen, und schritten schon eine Weile zwischen Äckern und Wiesen dahin. Sommer hundert Schritt voraus und ich hinterdrein. So hielten wir es auf Spaziergängen, und selbstverständlich wurde nicht gesprochen. Selten wohl einmal ein kurzer Anruf und ein Hinweis mit winkender Hand auf ein besonderes Fleckchen, und dann konnte sich jeder die Züge der göttlichen Hand aus diesem Fleckchen herauslesen und sich selbst die leisen, lockenden Töne heraushören. Glücklicherweise war keiner von uns so dumm, den anderen auf »einzelne Schönheiten« aufmerksam zu machen.

Es waren holsteinische Heckenwege, ein wunderreiches Paradies für ein stilles, gehorsames Kind der großen Mutter. Nur hie und da am Wiesenrande oder fern am Horizont ein paar einsame, träumende Bäume. Und es war noch Frühling; noch ballten sich nicht die Laubkronen von Bäumen und Büschen zu massigen Klumpen; fein und schlank baute sich noch vor dem Blick die zarte Architektur der Kronen auf, die dünnen flimmernden Pfeiler mit den durchsichtig grünen Bögen darüber; solch ein ganzer Baum ein großes, inniges, verschwiegenes Wachsen und Bauen nach oben, nach oben.

In den Dörfern hie und da stehen Arbeiterwohnungen am Wege, neue Häuser, in städtischem »Stil« gebaut. Graue, traurige kleine Kasernen. Da steht mit halb verkratzten Buchstaben »Steinkohlenlager und Bier in Flaschen«. Das Lager sieht man in einer Ecke des Kellers liegen, und im Fenster stehen wirklich zwei bestaubte Flaschen. Weiterhin ist eine »Coloniahlwaarenhandlung, Tabak und Cigarren«. Mit diesen Zigarren verbinden sich mir ganz abenteuerliche Vorstellungen, wirblige Phantasien, als ob ich sie schon geraucht hätte. Ein Almosen hat die Natur auch diesen Leuten hingestreut. An dieser unglaublich nüchternen, kahlen Bretterlaube werden ein paar Bohnenstengel emporranken; gelb und schlaff schimmern die Keimblätter aus dem Schatten. Aber ich glaube, die Menschen freuen sich doch, wenn sie es aus der Erde lugen sehen und wenn es dann wächst und wächst. Sie nehmen in dieser Laube ihr

Abendbrot ein und denken doch einmal etwas anderes, wenn sie die zarten Rankenringel mit den Fingern betasten.

Hier der Nachbar hat mehr Sonne. Er hat sich aber auch sein Fleckchen zunutze gemacht. Keine Spanne breit hat er unbepflanzt gelassen, und auf diesen fünf oder sechs Quadratmetern ist weder Weg noch Steg. Solch ein Urwalddickicht ist nicht zu verachten. Wo ich als Junge so eines fand, da kroch ich unter den dichtesten Busch, so daß ich rundherum nur Blätter und Blätter hatte, und lernte aus meinem Buch solche Dinge wie

Die a, e, c,
die l, n, t,
die ar, ur, us
sind neutrius.

lauter solche großen, schweren Dinge, die ich ganz allein wußte und mit denen ich nachher die Welt erobern wollte, die Welt. Und dazwischen betrachtete ich mir zuweilen solch ein Blatt, seine Adern, wie sie immer feiner und feiner wurden und endlich sich verloren ins Weglose – Unbegrenzte... An diesen feinen Fäden gelangte man in eine andere Welt hinüber, in die Welt des Unsichtbaren – wie groß mochte die wohl sein?

Das sogenannte Dorf war glücklich vorüber. Gottlob: wieder hellgrüne Wiesen und flimmerndes Buschgewirr. Und dort sogar ein Pfahlzaun, der steil einen Abhang hinunterführt in einen Graben, wahrhaft kühn. Wie ein Steg, der zerbrochen überm Abgrund hängt. Solche Dinge sind Zeitmesser. Wenn man sie sieht, hört man plötzlich droben in langen, grauen Kleidern leise die Zeit vorüberwehn. An solch einem geneigten Zaun liest man im Fluge des Augenblicks, wie lastender Schnee ihn gedrückt, wie raunender Wind ihn gerüttelt, wie zitternder Sommerglanz ihn einmal umrankt hat.

In einer flachen Mulde liegen wieder ein paar Häuser beieinander. Es ist heiß geworden; die Sonne macht ein breites und behagliches Gesicht, als wollte sie sich hier erst einmal in einen breiten Lehnstuhl setzen und recht lange ausruhen. Sie macht ein Gesicht, als wollte sie sagen: Wer will mir was darum tun, wenn ich euch ein bißchen anbrate, he? Aber sie wird an Impertinenz übertroffen von drei Kindern, die ebenso breit im Sande sitzen wie sie in der Himmelsbläue und sie durch rote Flaschenscherben betrachten. Die Ergebnisse dieser Forschung müssen sehr bedeutend sein; denn eifriges Gespräch begleitet die Observation, und die Gläser gehen immer von Hand zu Hand – »Oooh – kiek mol – – – –!«

Hitze imponiert den kleinen Kugelgewächsen durchaus nicht; im Gegenteil: die Ärmchen und Schenkel wälzen sich in der Glut mit quellendem, keimendem Behagen. Ich hör's immer besonders gern, wenn so ein paar dünne Kinderstimmchen in eine große, weite Sonnenstille hinaufplappern . . . Bäbbäbbäbbäbbäbb . . .!

Sie denken gar nicht daran, daß das da droben die große Frau Sonne ist, die weltberühmte Frau Sonne, von der alles abhängt, und daß das da rundherum die Erde ist, die große Erde, die man gar nicht zu Ende gehen kann, ohne sehr, sehr müde zu werden. Diese gewaltige Gegenwart geniert sie nicht im geringsten. Ganz still und ganz vergnügt vegetieren sie immer weiter, und man muß sich wirklich wundern, daß der Löwenzahn, der nun schon eine ganze Zeit seinen Kopf dazwischen steckt, nicht mit einstimmt: »Ooh – – kiek mol – –!«

Etwas abseits sitzt noch ein etwa Dreijähriger und schreit mit Kraft und Bewußtsein. Ich bücke mich zu ihm nieder.

»Jung, muß jo ni so schree'n!«

Er schreit aber nichtsdestoweniger.

»Wat fehlt di denn?« –

Luft jedenfalls nicht; denn er schreit.

»Kiek mol, wat'n feine Pupp'!« Ich greife seine Puppe auf und zeige sie ihm. Sie scheint den Admiral Nelson darzustellen; denn sie hat nur ein Auge, einen Arm und außerdem ein Loch im Kopf. Ich lasse den Admiral tanzen; aber es nützt nichts. Da ich mich nicht an einen Unwürdigen verschwenden will, geh' ich weiter. Nach wenigen Schritten hör' ich nichts mehr. Ein großes, feierliches – bannendes Schweigen. Ich drehe mich um: Er hat den Daumen tief in den Mund gesteckt und sieht mir mit zwei großen, graublauen Augen nach. –

Ich habe drei Millionen siebenhundertundachtzigtausend Erinnerungen, die mich immer begleiten, und wenn ich links oder rechts oder vor mir eine Wiese oder einen Zaun oder ein Pferd oder einen Kirchturm oder sonst etwas sehe, dann neigt sich solch eine Erinnerung mir über die Schulter und fragt an meinem Ohr mit sanftem Tone: Weißt du noch?

Wohl die älteste – ach, eine steinalte Erinnerung ist die, wie eines Tages die Männer kamen und uns gegenüber ein Haus bauten. Ich war wohl zwei oder drei Jahre alt. Das ist eine sehr schöne Erinnerung mit roten Ziegeln, dampfendem Mörtel, dumpf niederkrachenden alten Bäumen, lustigen Maurersleuten, weißen Wolken, hellem Sonnenschein und einem wunderhübschen, viersparrigen Dachstuhl. Und gerade so wie damals die Welt aussah, so sieht sie hier am Eingang des Dorfes aus. Und doch wird hier gar kein Haus gebaut. Nein, die Luft und das Licht weben rings um mich her dieses feine, mir allein sichtbare Bild des Vergangenen.

Es mag nur ein Wolkenschatten darüberfliegen, und alles, alles ist anders. Da ist es die Welt, die mich einmal umfloß, als ich mit meinem Vater zum Nachbar auf den Acker ging, und der Nachbar eine Rübe nach der andern aus der Erde zog . . .

Wie wunderbar wandert sich's so dahin, mit den flatternden Tauben der Erinnerung auf der Schulter! Bis zu den fernsten Hügeln und Wolken fliegen sie fort und kommen zurück auf leuchtenden Flügeln, mit grünen Knospen und Blättern im Schnabel. – –

Da ist die Welt zu Ende – bah!

Die Hecken treten dicht zusammen, und tausend Zweige schießen üppig und wirr durcheinander empor. Zwei oder drei können sich gar nicht genug tun und recken sich noch weit über die andern hinaus, nicken in der blauen Luft auf und ab, grüßen irgendein anderes, fernes Reis dahinten, das sich auch von der Menge losgemacht hat.

Hier kann man sich einen Augenblick niederlassen und sich für einen Augenblick einbilden, man sei nun endlich am Ziele und rundherum umgebe einen nichts als grüner, heimlich flüsternder Friede. –

Indessen – die Welt ist noch nicht zu Ende; es war wie gewöhnlich nur eine Wegkrümmung. Aber schmal wird nun der Weg und der Boden weich. Obgleich die Büsche noch dastehen in dem kurzen grünen Kinderröckchen, wie es der Mai ihnen gibt, überdunkeln sie doch schon den ganzen Weg; die Sonne dringt hier nur im Winter und in den ersten Tagen des Frühlings herein; jetzt aber tänzeln und trippeln tausend kleine blasse Sonnenbildchen über den feuchten Boden. Wie langsam und sanft muß einem hier die Welt verdämmern, wenn im Sommer sich alle diese tausend Zweige verrankt und verwickelt haben zum Dickicht und wenn darunter die summende Sommerhitze brütet! In solchem Gesträuch lag ich einmal, weit, weit von hier, und sah durch ein kleines Loch im Gebüsch eine blinkende Kapelle und wußte, daß sie innen ganz mit schwarzem Tuche ausgeschlagen und behangen war und daß da ein Toter ausgestreckt lag, dem das Licht hoher Kerzen über das Gesicht huschte wie mir das Licht der Sonne – – –

Weiter und weiter! – – Und nun? – Und nun? – Links, tief ins Gebüsch hinein ein Wiesengatter, eben angelehnt; ich hinein – und ich bin allein mit der schönsten Wiese, die ich je gesehen. Wir ganz einsam miteinander, die Wiese und ich. Welch eine unendlich reiche Wiese ist das! Sie hat alles, was eine Wiese nur haben kann. Oft neigen sich von den Rändern her ernste, sinnende Bäume herüber, und auch aus dem dunkeln, blanksaftigen Grün strebt hie und da ein starker, treuer Stamm empor und streckt oben verlangend und umfangend sehnende Arme aus. Das beschattete Grün solcher Wiesen trinkt man; man sieht es nicht nur, sondern man trinkt es mit seiner ganzen Seele. Wie oft schon sog ich es ein, durstig, nach langer, trockener Qual, sog es ein in langen schlürfenden Zügen, wie der Verschmachtende den kühlen Trunk, dieses alle Fibern sättigende Wiesengrün unter Bäumen, das mit Millionen Armen und Augen winkt und lockt wie das Wasser, immer tiefer darein zu versinken. –

Ach, Hügel hat diese Wiese; in langen, stillen Wellen steht sie da; dort schwillt es höher empor, und über den lieblichen Hang läßt eine Weide ihr langes Haar fallen. Von Hügeln kommt das Unerwartete. Wenn du an ihrem Fuße spielst und eine Kette aus Stengeln des Löwenzahns machst und plötzlich innehältst – und aufhorchst – dann nickt es oben über den Hügel her und hat rund ums

Gesicht lauter kleine klingelnde Maiglöckchen hangen – – – Von den Hügeln kam alles Glück meiner Kindheit. Ich hört' es schon von der andern Seite heransteigen mit fern klingenden Becken und mit der dumpfen Trommel; dann kugelten die näselnden Oboen in lustigen Figuren über den Kamm, und nun zogen alle zwischen den grünen Halmen dahin, die ragten ihnen hoch über die Köpfe, und darüber spannte eine Libelle ihre blauen Flügel.

Und einen Graben hat diese Wiese, der fast ein Bach ist und der sie in launenvoller Krümmung durchschlängelt, bis in der Ferne der dunkle Strich irgendwo aufhört, irgendwo: man kann nicht genau sehen, wo. Da hinten scheint ein Steg hinüberzuführen. Und das Dunkle, das sich daneben erhebt und so still in die Luft ragt – ist es ein Pfahl, ein Pfeiler, ein Rest von einem längst vergangenen Geländer –? Oder ist es ein Junge, der die Beine über den Rand des Grabens hängen und der das heiter klingende Wasser über seine nackten Füße springen läßt, immer noch eine Welle, immer noch eine Welle, und sich denkt, ob wohl immer noch mehr kommen, ob nicht doch einmal die allerletzte kommt? Da schwirrt ein Vogel auf und setzt sich auf den Kopf des Jungen. Es ist doch wohl nur ein Pfahl. Freilich gibt es Jungen, die es zu zeiten nicht merken würden, wenn ein Vogel ihnen das Haar zauste. Ich kannte so einen . . .

Den Kopf hoch – und noch einen, einen durstigen Blick ins weite, frisch lebendige Grün! Dort hinten schieben sich von beiden Seiten die Büsche vor wie Kulissen, wie ein Proszenium, und dahinter dehnt sich ein neuer grüner Plan aus, eine zweite Wiese, und erst dort hinten auf der grünen Bühne wird geruhig wandelndes Leben, werden grasende Rinder sichtbar. Wie in einem träumenden Leben folgen sie dem stummen Trieb; zwischen zwei Schritten verstreicht eine lange Zeit. In dämmernder Ruhe schreiten sie langsam dahin, bald mit am Boden suchendem Kopf, bald den Hals wagerecht vorgestreckt, kauend mit lässigem Fleiß, hin und wieder die Lider senkend und das dunkle Auge mit neuem Schimmer feuchtend, dieses ewig ernste, duldende Auge, aus dem uns doch so seltsam ein Wissendes anspricht. Ich kann das alles unmöglich sehen; aber ich seh' es dennoch. –

Ob die Menschen mit ihrem Theater auch diesen schönen Gedanken von der Natur empfangen haben, den Gedanken, ein Stück ganz profanen Raumes vom übrigen abzugrenzen und abzuheben und zum Heiligen zu machen, in das wir mit frommer Neugier, mit märchengläubiger Erwartung blicken? Was wäre nicht alles möglich auf jener Wiese da hinten, was könnte nicht alles daher kommen hinter den Büschen hervor und über die stille Szene gehen! Es ist wie ein Gefilde, das menschlichem Ermessen entrückt ist.

Und am Ende jener Wiese geht's einen lächelnden Hügel hinan zu den Wolken. O, Glückliche gibt's, die nicht nur in Träumen zu solcher Höhe wandeln, Selig-Erzeugte, Selig-Geborene, die ahnungslos den leichten Fuß vom festen Gestein auf lustige Wolken setzen und mit hellem, kindlichem Gesange weiterwandern auf einem Pflaster von Cirruswölkchen, wie sie auf irdischer Straße gewandert sind, die lächelnd hinab in wogende Wolkentäler blicken, Wolkenabgründe überspringen mit dem Jauchzen göttlichen Übermuts und uns zurufen mit unschuldsvollem Jubel: ›Kommt nach! Kommt nach!‹

»Scharff!«

»Ja?«

»Na hör mal, wenn wir heute noch hinwollen –«

»Ja, ich komme. Ich vergaß, daß dein Herz Eile hat.«

»Eile und auch nicht. Ich bin jetzt doch bange, daß ich's den Leuten nicht gut genug mache, daß sie mit höheren Erwartungen kommen, als ich befriedigen kann.«

Ich hatte selbst meine Befürchtungen, allerdings nicht wegen seiner Qualitäten, sondern wegen der des Publikums. Aber diese Stimmung mußte auf alle Fälle überwunden werden.

»Unsinn,« rief ich, »jetzt nur keine Zaghaftigkeit. Selbst *wenn* diese Kunstreise eine Dummheit *wäre*« – ich machte das mit dem Konditionalis sehr nachdrücklich – »dann müßte sie jetzt doch gemacht werden. Von den halben Dummheiten hat kein Mensch was; nur die ganzen nützen dem einen – oder dem andern.«

Er blickte sofort zuversichtlicher. Nichts richtet den Menschen schneller auf, als der Mut zur Dummheit.

»Und überhaupt ist Zaghaftigkeit in solchem Falle ganz töricht. Wenn man vor die Öffentlichkeit hintritt, soll man das mit einem

Gefühl tun, als habe man Kronen auszuteilen und unterlasse es nur aus guter Erziehung und persönlicher Liebenswürdigkeit, sie den Leuten an den Kopf zu werfen. Ist man ein Stümper, so blamiert man sich allerdings noch ein bißchen mehr als sonst; kann man aber was, so entfaltet man nur in diesem königlichen Gefühl seine ganze Macht.«

Auch das schien ihm einzuleuchten. Nach zwei Minuten hörte ich von ihm den ganz spontan gepfiffenen Hohenfriedberger Marsch.

Das Haus Klingenfeld entwickelte heute zur Tischzeit einfach verehrungswürdige Eigenschaften. Ein Tischtuch von einer so verklärten Reinheit, Messer und Gabeln von einem so schneidenden Glanze, Schüsseln von so ehrwürdigem Kubikinhalt, grüne und kristallhelle Weingläser mit so neckischen Reflexen, Servietten in so raffiniert behäbiger, mitraler Form aufgestellt, daß man an eine Bischofskonferenz hätte glauben können, zumal ein paar Flaschen von zweifelloser Güte auf dem Tische standen. Die Forellen waren so köstlich, daß es begreiflich erschien, wenn sie Herrn Klingenfeld Veranlassung gaben, sich von neuem über die bekannte Fähigkeit der Hümpeldorfer, Fische zu morden, ausführlicher zu verbreiten. Tout comprendre c'est tout pardonner. Ich erklärte es geradezu für eine Roheit, Fische von diesem Geschmack zu töten. Das Roastbeef war so rot wie Herr Klingenfeld und so zart wie seine Tochter. Die gebratene Gans – jedes Wort der Kritik wäre eine Profanation; man konnte nur essen und danach einander in stummer Ergriffenheit die Hand drücken. Heilig ist mir das Haus, wo man dein noch mit Würde genießet, wärmende Freude der Tafel! Chartreuse nur fehlte zum Kaffee.

Es gibt eine erbärmliche Philosophie, die da sagt: Was man gegessen hat, hat man gehabt. Aber dort nur ist Unschuld, Freiheit und Größe, wo man auch einmal ein Stück gebratenen oder gekelterten Mammons mit leichtsinnigem Schnalzer auf der Zunge zerdrückt und dahingehen läßt für immer! Wer schäbig ist gegen den eigenen Leib, wie könnte er gegen die Seele seines Nächsten anders sein denn ruppig? Darum so tritt mit Vertraun in ein Haus, wo man Rheinwein gibt zu Forellen!

Aber das Appetitlichste war und blieb doch die ein Meter fünfundsechzig hohe kleine Gesa. Sie hielt es ersichtlich für ihre vornehmste Aufgabe, den Blick des Herrn Sommer zu vermeiden, und mit Recht. So sehr sie Herrin ihrer äußeren Bewegungen war, so wenig vermochte sie ihre inneren zu verbergen, und das stimmte so gut zueinander. So ist es bei harmonischen Menschen. Ihre Zurückhaltung war nicht gänschenhafte Ratlosigkeit, dazu war dies Mädchen zu klar und zu fest, es war jene kindliche, tiefe Furcht vor einem unweigerlich nahenden, unbekannten Schicksal, dem aber, jetzt schon fühlbar, ein glückseliger Glanz vorausging. Wahrhaft gefährlich errötete sie, wenn ihr Auge sich dennoch mit dem seinen begegnete, begegnen *mußte* – denn sein unverwandt auf ihr ruhender Blick mußte den ihren anziehen. Bedenklich, bedenklich zitterte der Teller, den sie ihm reichte. Aber seltsam: wen die Götter mit Grazie gesegnet haben, dem verkehren sie auch seine Unsicherheit in Anmut. Dieses Zittern war lieblich anzusehn. Überhaupt ist die Grazie etwas ganz Ähnliches wie die Schwerfälligkeit; beide kann man nicht verbergen, wie man's auch anstellen mag.

Also über den Eindruck Sommers auf das Mädchen war ich vollständig beruhigt; viel wesentlicher aber war der Eindruck, den er auf den Vater machen würde, wesentlicher wenigstens für die Zeit bis zur definitiven Verlobung. Es gibt zweierlei Ohrfeigengesichter, die beide ziemlich selten sind; den einen möchte man aus spontanem Abscheu, den andern aus spontanem Wohlgefallen eine verabfolgen. Zu der letzteren Sorte gehörte Sommer. Ich hatte wiederholt beobachtet, daß selbst härtere, egoistische Naturen sofort und unwillkürlich von ihm eingenommen waren, ihm beim Fortgehen in den Überzieher halfen (wobei sie ihm auf die Schulter klopften), ihm ihren Regenschirm zur Verfügung stellten und sich selbst dem Regen aussetzten und ihn überhaupt mit jener Art teilnehmender Zärtlichkeit behandelten, die man sonst im allgemeinen Kindern entgegenzubringen pflegt. Und in der Tat konnte mein Sommer, obschon er in manche Lebenstiefen geblickt hatte, bei einem schwerwiegenden Gedanken so glatte Pausbacken und so drollig vorgeschobene Lippen machen, als empfinde er eine milde Wehmut darüber, daß man ihm soeben die Saugflasche aus dem Mund gezogen habe. Herr Klingenfeld hatte ihm sogleich mit ersichtlichem Wohlwollen empfangen und geduzt und betrachtete sich nachher, wie ich bemerkte, noch wiederholt von der Seite den ganzen Menschen und dann noch einmal den Kopf besonders und ich war fest überzeugt, daß er dabei nach einem sichtbaren Organ für das enorme Gedächtnis suchte, das dieser junge Mann besitzen müsse, der ein ganzes Buch im Kopf behalten konnte. Die Courage, den Alten wieder zu duzen, brachte Sommer freilich nicht auf, und auch im Plattdeutschen hatte er, trotzdem ich ihm diverse einschlägige Literatur aufgenötigt hatte, noch nicht entfernt so etwas wie ciceronianische Klassizität erreicht; aber Herr Klingenfeld nahm seine Leistungen mit ermunternder Nachsicht und mit Humor entgegen.

»Dat heurt sick dwatsch an, wenn din Fründ Plattdütsch snackt,« meinte der Donnerer, »ober man sütt doch wenigstens, dat hee sick Mäuh givt!« Es lag eine tief innerliche, eine sittliche Genugtuung in dem Tone, mit dem er das sagte, gewissermaßen als sei es hoch anzuerkennen, daß dieser junge Mann es unternehme, die Kinderkrankheiten oder die menschliche Schlechtigkeit aus der Welt zu schaffen. Ob Herr Klingenfeld gleich große Genugtuung empfinden würde, wenn der junge Mann ihm einmal eröffnete, daß er sich die größte Mühe um seine Tochter gebe, das war mir trotz dieses ermunternden Mittagessens leider noch sehr zweifelhaft, um so zweifelhafter, als unser edler Wirt wieder an diversen Beispielen die hehre Schönheit des Geldverdienens demonstrierte.

Die Stunde des Festes war herangekommen; unser Wirt hatte seinen Hals in einen 50 Zentimeter-Kragen gezwängt, den er gleichwohl noch als ein »Halseisen« bezeichnete und der seine weißen Augen noch weiter aus dem Kopfe zu drängen schien; Gesa sah aus wie jene Mädchen, in die man sich bei jeder neuen Schleife noch einmal besonders verliebt, und so brachen wir auf.

Einige Vorstandsherren in renitenten Fräcken »empfingen« den Herrn Vortragenden. Wie zwei Geschwistersonnen tauchten Herr Scholz und Herr Gericke vor uns auf, unsere lieben, guten, alten Herren Scholz und Gericke! Bei Scholz saß das Sonnenhafte wieder in der Bauchgegend, bei Gericke mehr im Gesicht; in ihm hatte das Fest bereits seinen Höhepunkt erreicht. Wir schüttelten einander als gute Bekannte natürlich herzhaft die Hände; die anderen Vorstandsherren machten die bekannten ehrfurchtsvollen Gesichter, auf denen zu lesen steht: »Also das ist der Mann, der einen Teller auf der Degenspitze balancieren kann und gelegentlich silberne Löffel stiehlt.« Während Scholz und Gericke meinen Freund in ein apartes Zimmer führten, sah und hörte ich noch, wie sie mit großer Herzlichkeit in ihn drangen: »Bier? Rotwein? Sherry? Sekt? Hennessy? 'n kleinen Kümmel?« und wie sie vernichtet in sich zusammensanken, als Sommer erwiderte: »Ein Glas Wasser bitte!«

Ich wählte einen Platz, von dem aus ich sowohl Sommer wie auch den größten Teil des Publikums würde beobachten können. Rechts von mir saß Frau Klingenfeld, links saßen Gesa und ihr Papa. Dieser senkte sich mit einer gewissen Ostentation auf seinen Stuhl, und in diesem Niedersitzen lag unverkennbar so etwas wie »Nu woll'n wir doch wirklich mal sehn, wem irgend etwas *nicht* gefällt«! Ein Mann, der offenbar dazu bestimmt war, nachher zum Tanze aufzuspielen, nötigte einem Klavier die Ouverture zu »Dichter und Bauer« ab, eine sonst recht niedliche Sache, der aber heute etwas Ominöses anhaftete. Die Liedertafel »Polyhymnia« erinnerte uns daran, daß heute der Tag des Herrn sei. Es war allerdings Mittwoch, aber gleichwohl der Tag des Herrn. Ich habe in dieser Beziehung schon die widersprechendsten Auffassungen kennen gelernt. Ein mir bekanntes Dilettantenorchester war der Ansicht, daß das 25jährige Amtsjubiläum seines ältesten Mitgliedes der Tag des Herrn sei; ein Gesangverein dagegen versicherte, als die Gemahlin seines Präsidenten ihren 50. Geburtstag feierte, *das* sei der Tag des Herrn.

Und nun folgte Auftreten des Herrn Sommer. Ich darf sagen, daß mich plötzlich ein rasendes Lampenfieber ergriff. Soviel ich auch schluckte, das Herz wollte nicht hinunter. Ich schielte nach der Seite: Gesa zog die Stirnhaut kraus und war damit beschäftigt, an einer ganz bestimmten Stelle ein Loch in den Fußboden zu gucken. Also auch Lampenfieber. Frau Klingenfeld schob noch immer an ihren Handschuhen, die längst so angezogen waren wie nur möglich. Herr Klingenfeld blickte einmal links über die Schulter und einmal rechts und dann dem Prologos stramm ins Gesicht. Das Publikum machte ein Gesicht, als erwarte es große Dinge.

Nuna! – – –

Alle Pointen fielen ins Wasser. Er sprach seinen Prolog mit einer wundervollen weltmännischen Eleganz, die ich ihm nie zugetraut hätte, die Zickzackbewegungen der beschwipsten Stimmung führte er mit einer dezenten Grazie ans – ein Temperenzler hätte in ein versöhntes Lächeln sinken müssen, und die naivgläubige Prahlerei am Schlusse sprach er mit so ernsthaftem Übermut, daß man nicht wußte: war es ein Weinrausch oder ein Kraftrausch? Ich wußte, daß er sich hier und da und da eine besondere Wirkung versprochen hatte – nichts, nichts. Da – ein animiertes Räuspern ging durch die Versammlung: das plattdeutsche Lied! Plattdeutsch! Nun kam also etwas Komisches! Gott sei Dank! – Aber da kam ja gar nichts Komisches! Die Enttäuschung war um so niederschlagender. Die gespannte Stille ging allmählich in eine schlaffe über. Mir kamen ganz abenteuerliche Gedanken: als sei ich es, der die Stimmung dieser Versammlung durch seine Angst lähme und der sie durch eine freie, unbefangene Stimmung aufrütteln könne; unwillkürlich richtete ich mich auf, bemühte ich mich, ganz frei und heiter zu sein.

>> Als im Osten gelb der Morgen stand,
Riß ans Herz sie betend meine Hand,
Und versöhnt mit Bacchos schlief sie ein.<<

Sommer trat ab.

Was? Jetzt war's schon aus? Man blickte einander an und lächelte etwas beschränkt dabei. Man hatte immer noch geglaubt, es käme noch! War das am Schluß nicht sogar – 'n bißchen unanständig? Hm. Einige Gemütsmenschen klatschten Beifall, entweder weil sie annahmen, es könnte doch vielleicht gut gewesen sein, und nun doch nicht undankbar sein wollten, oder weil sie Mitleid mit dem jungen Manne hatten. Nur *ein* nicht enden wollender, sich immer erneuernder Beifall war da: der des Herrn Klingenfeld. Als er endlich fertig war, wandte er sich pustend gegen mich, erhob den Finger und sagte:

>> Nich – een eenziges Mol – hett 'e anstott!<< Ich nickte leichthin, was ihn nicht zu befriedigen schien.

>> Jä, dat is' n *Kuns!*<< rief er.

Ich nickte jetzt heftiger und sagte: >> O gewiß!<<

>> Und wie hat es Ihnen gefallen?<< fragte ich Gesa.

>> Wundervoll!<<

Leise, sinnend sagte sie das, indem sie dicht an mir vorbeisah. Und – das gute Kind! – ihre Augen waren ganz groß geworden und ganz ernst. Sie war wirklich beschäftigt mit dem, was sie gehört, nicht nur mit ihm, *den* sie gehört.

Frau Klingenfeld hatte sich offenbar nicht so ganz mit der Sache befreunden können; aber sie urteilte doch sehr milde. Sie als alte Frau könne sich mit dem Modernen noch nicht so recht stellen. Namentlich war ihr das rülpsende Schweinchen als etwas Modernes erschienen, während es deren doch schon immer gegeben hat. Es sollte jetzt wieder gesungen und gleichzeitig Bier getrunken werden. Ich ließ mich auf einen Augenblick von den Damen beurlauben, um zu Sommer zu gehen.

Ich fand ihn ruhiger, als ich erwartet hatte. »Na, das war nicht gerade ein ›Bombenerfolg‹,« rief er mir entgegen.

»Nee,« sagte ich.

»Ja, das liegt an dem Gedicht. Es taugt nichts – es gefällt mir gar nicht mehr. Als ich damit zu Ende war, kam es mir *sehr* dumm vor.«

»Das Publikum versteht dergleichen nicht, das hab' ich dir ja gleich gesagt.«

»Ach, die Leute hätten es schon verstanden, wenn's nur besser gewesen wäre. Na, gegen den Herrn Goethe können sie wenigstens nichts einwenden.«

Ich wollte ihm auf keinen Fall die Zuversicht rauben. Nun mußte es durchgehalten werden. Ich hatte mein möglichstes getan, daß er bei der Aufstellung des Programms nicht ganz im Äther verschwände. Er hatte den Hümpeldorfern den Ganymed und die Braut von Korinth vorstellen wollen.

»Du hast brillant gesprochen,« sagte ich. »Nu man immer feste – und durch nichts irre machen lassen, wenn das Publikum auch einmal nicht folgt –.«

»Hab' keine Bange!« rief er. »Sie sollen ihr Pensum Goethe absitzen und wenn sie mich nachher totschlagen.«

In diesem Augenblick trat ein Mann ins Zimmer, der mich durch seine freche Höflichkeit sofort unsicher machte. ›Litterat?‹ – ›Urkundenfälscher?‹ – ›Gelegenheitsdichter?‹ – ›Hochstapler?‹ so stieg es mit größter Geschwindigkeit in mir auf und ab. Er lächelte mit

jenem kalten, stechenden Blick, aus dem man sofort den Eventual-
haß drohen sieht.

»Verzeihen, wenn ich störe, gestatten, daß ich mich vorstelle: Dr.
Osthausen, Benno Osthausen, *Chefredakteur* der hiesigen »Nachrichten«, ich befasse mich nämlich in meinen wenigen Mußestunden
auch mit der edlen Dichtkunst, habe hier 'n paar Sachen mitgebracht, wenn Sie die vielleicht mal durchlesen und mir Ihr Urteil
sagen wollten; besonders dankbar wäre ich Ihnen, wenn Sie sie
vielleicht in Hamburger Blättern unterbringen könnten, Sie haben
doch jedenfalls Beziehungen, und wenn 'n Dichter von Ihrer Bedeu-
tung –«

»Das tut mir leid,« sagte Sommer, »darin kann ich nichts tun.
Aber lesen will ich sie gern, wenn Ihnen an meiner Meinung etwas
liegt. Ich darf sie ja mitnehmen, nicht wahr?«

»Ich – werde mir erlauben, sie Ihnen zu schicken. Nur dieses eine
möchte ich gern – gestatten Sie, daß ich es vorlese, es ist nur kurz.«

»Bitte.«

Er las mit sehr tragischem Organ einen natürlich ›sozialen‹
Schmarren schlimmster Sorte vor. Frau und Kinder krank, der
Mann im Zuchthaus – schrecklich. Der edle Dichter drückt sich im
letzten Vers eine Träne aus dem Auge und möchte Christus sein.
Die größte Kanaille hat jetzt ›Mitleid mit den Enterbten‹; es ist heut-
zutage gestattet. Und die Enterbten bedanken sich so schönstens
dafür!

»Ist es aus?« fragte Sommer.

»Ja.«

»Na – Sie wollten doch meine wahre Meinung hören, nicht
wahr?«

»Selbstverständlich!« krächzte der ›Chefredakteur‹ mit plötzli-
cher Heiserkeit.

»Ja, – ich finde es ganz gewandt in der Form – sehr guter Rhythmus! – aber ziemlich konventionell im Stoff und in der Form. Es lag
kein Bedürfnis zu diesem Gedicht vor, auch bei Ihnen nicht. Das
Äußere ist ja alles da; aber das Protoplasma fehlt – verstehen Sie –?«

Sein gutes Herz hatte die Kritik begonnen; aber seine Ehrlichkeit setzte sie fort. Das konnte gefährlich werden. Ich erinnerte daran, daß er gleich wieder hinaus müsse.

»Das heißt: das ist *meine* Meinung, darauf brauchen Sie ja aber nichts zu geben,« sagte Sommer.

»Würden Sie das Gedicht vielleicht noch in Ihr heutiges Programm aufnehmen können – als Extra-Nummer –?«

»Nein, verehrter Herr, das kann ich jetzt nicht mehr: das paßt gar nicht ins Programm, eignet sich auch nicht im geringsten zum Vortrag –«

»So, so. Na – wie Sie wollen,« sagte er grinsend; aber die Tür knallte.

»Weißt du, was du getan hast?« fragte ich Sommer.

»Nein.«

»*Nein?* – Dann will ich dir's sagen. Die Gerechtigkeit hast du frech beschimpft – nein, mehr; die Kritik hast du beleidigt – ach, was sage ich: das alles erschöpft ja die Sache nicht – du hast dich gegen die Hümpeldorfer Presse – *Presse!* – einfach anständig benommen. Ich finde kein milderes Wort: einfach anständig! Na, da hört doch alles auf! Weißt du, mein Junge: das war dein *Lessing*, der da eben hinausging!«

»Na, was denn, ich konnte dem Mann doch nicht noch Elogen machen für seine Gefühlsannoncen – er wollte ja doch meine ehrliche Meinung hören... er müßte doch 'n fürchterlicher Lump sein...«

»*Die* Bedingung erfüllt er, sollst du sehen! Aber,« – rief ich, mich plötzlich besinnend – »es kann ja sein, daß ich dem Mann unrecht tu'. Gehen wir!«

Und er setzte mit dem ›Hochzeitslied‹ sehr glücklich ein. Natürlich erfaßten die Leute den epischen Zusammenhang nicht, den Goethe in seiner legeren und kecklich ungenierten Weise so flüchtig wie möglich andeutet. Aber die Sinnlichkeit, die Gegenständlichkeit von Sommers Kunst zwang doch selbst diese Leute.

Denn das waren wirklich festliche Trompeten, die golden vom Altan des Schlosses herabschmetterten.

Da zogen wirklich unheimliche Winde durch alle die Zimmer, durch leere, verlassene Fensterbögen herein und heraus.

Und das war wirklich Goethe, der, wenn er ein Märlein erzählte, sich auf den Boden setzte zu den Kleinen und mit lachenden Augen zeigte: So klein, so klein war das Männlein, und trug ein Lämpchen, so klein! Und so klein die Schinken, und so klein die Würstchen, und ganz zuletzt auf vergoldetem – ja, auf *vergoldetem* Wagen – die wunderzierlichste Braut. Und der dann auf dem Boden mit Händen und Füßen und täppischem Laufen es vormacht, wie drollig und bunt es gedappelt, gerappelt und leise erzählt, wie es leise gesungen, so leise, so feine und immer noch feiner, bis plötzlich – pst! – alles verschwunden war.

Und dann richtet er stramm sich empor, und goldne Fanfaren schmettern wieder vom hohen Schlößlein ins Land. Und man hört im Takte den Brautmarsch ziehn und sieht wie mit Augen das Beugen und lächelnde Neigen, und dann steht der Märleinerzähler plötzlich wieder auf beiden Füßen, legt die eine Hand in die andere und sagt: ›Seht ihr?‹

»So ging es – und geht es noch heute.«

Und die gespannten Augen und Mäulchen lächeln zufrieden, vom Banne gelöst.

Ja, es war gelungen: auch die Hümpeldorfer waren wieder Kinder geworden; sie atmeten auf, räusperten sich lächelnd und klatschten.

Und fast so erging's mit dem »Totentanz«.

Da wuchs etwas sacht und unmerklich aus dem Boden heraus, ganz leis fing es an; nur wenig hob sich im grinsenden Mondlicht der schwere Grabstein, dann mehr, dann mehr, und hervor kroch das Grauen und wuchs und wuchs und packt' uns die Schultern mit knöchernen Fingern und tanzte mit uns und hob mit greulichen Fratzen das eckige Knie bis zum Kinn.

Aber die Linnen hindern am Tanz.

»Sie schütteln sich alle: da liegen zerstreut
Die Hemdelein über den Hügeln.«

Woher kam der seltsam klagende, wehende Ton in diesen Worten: »Die Hemdelein über den Hügeln –« Das raschelte leis durch
die hängenden Weiden und sank vor den dichten, dunklen Zypres-
sen zu Boden.

Und wie nun der letzte, der Arme, sein Laken sucht: »Und tappet
und grapst an den Grüften –«

Horch, wie die Nägel kratzen am Stein –

Da! –

Das leere, schwarze Auge funkelt hinauf zum Turm – über dem
die schwarzen Wolken dahinschwimmen durch weißliche Helle –
und husch: hinauf an der senkrechten Stelle des Turmes: linke
Hand rechtes Bein, rechte Hand linkes Bein – wir taumeln und stür-
zen vornüber von Treppe zu Treppe, das Grausen im Nacken, hinauf bis zur höchsten Spitze des Turmes – Bummmmmm!

»Die Glocke, sie donnert ein mächtiges Eins –« da saust es herab
durch die Luft und zerschmettert mit gellendem Klang auf den
Steinen. –

Die Hümpeldorfer klatschten nicht; aber sie sagten doch auch
nichts, gar nichts. Ganz still waren sie.

»Arm am Beutel, krank am Herzen
Schleppt' ich meine langen Tage –«

ach ja, *den* mußte das Leben abgejagt haben, den armen Teufel, der
das mit solcher aufseufzenden Müdigkeit sagte! Mit solcher Müdigkeit, bei der die Mundwinkel herabfallen und einen stummen,
wehmütigen Spott zeigen auf die hohen Träume, mit solcher bösen
Müdigkeit, die einen herabfallen läßt in den Materialismus der
ödesten Schelme, daß man sagt: Ach was »hohe Träume«: Geld,
Geld! Alles andere ist ja doch Sch –

»Reichtum ist das höchste Gut!«

Und in Sommers Stimme nachtete die ganze Dunkelheit solcher Stunden, da man die Ader aufritzt und sich dem Allerbösesten verschreibt, dem Teufel der Kleinheit –

»Schrieb ich hin mit eignem Blut –«

das floß schwer und eben dahin wie ein dunkelroter Strom.

Und dann spielte sich in acht Versen mit allen steigenden und sinkenden, flackernden und huschenden Schatten das nächtliche Treiben ab.

»Schwarz und stürmisch war die Nacht.«

Das war das unendlich tief Ergreifende in der Stimme dieses Menschen, daß man hinter ihr die Bilder seines Hirns vorüberziehen sah. Man sah durch diese Stimme wie in ein ewig wechselndes, atemversetzendes Wandelpanorama. Hinter dieser Stimme flogen schwarz und stürmisch die Wolken vorüber und neigten sich tief die Büsche. Sieh – da aus der großen, dunklen Wand hervor, aus stillen, gleichen Schritten, gleich wie einen Fuß behutsam vor den andern setzend, schreitet her ein stiller, sanfter Stern. Und zu breitrer, milder Helle wächst der Stern. Nun kommt es schon daher wie eine Strahlenmuschel: von dem großen nächtigen Dunkel scheidet sich scharf ihr glänzender Rand. In und mit der lichten Muschel aber wandelt still daher ein lächelnder Knabe, immer einen Fuß behutsam vor den andern setzend, sanft den Kopf nach rechts geneigt, daß die hellen Locken auf die Schulter fallen, in der Rechten eine Schale, auf dem Haupte aber Blumen, und das Licht um spielt die Blumen, das vom Trank der Schale strömt. Und da öffnet sich der kindlich blühende Mund zu einem ganz leisen, ermunternden Lächeln, und zwischen den schimmernden Zähnen hervor kommt ganz mit dem Lächeln zugleich ein überirdisch reiner Klang:

»Trinke Mut des reinen Lebens!«

Welch eigenster Glaube in dieser Stimme lag – das kann ich nicht berichten. So wie man's hörte, hatte man den Mut. In einer einzigen großen, brennenden Träne erneuerte sich mein ganzer Mensch. Alle

Schuld und Erbärmlichkeit war abgewaschen, und der Glaube war da: Ja, ich kann noch wieder ganz rein werden! Und was er nun auch noch sagen mochte:

>»Tages Arbeit, abends Gäste!
Saure Wochen, frohe Feste:
Sei dein künftig Zauberwort!«< –

das alles hörte man nur noch von weitem; hoch über allem und über alles hinaus ging siegend das eine große Wort dahin:

>»Trinke Mut des reinen Lebens!«<

alle Herzen mit hineinreißend in seinen wachsenden, flehenden, glaubensvollen Drang! – –

Alle Herzen?

Die Hümpeldorfer Herzen schienen nicht mitkommen zu können in diesem großen Treiben. Man fing an, sich zu langweilen. Sommer ging nun zu einigen »Geselligen Liedern« über. Und noch einmal schien er die Gesellschaft einzufangen, als es ihm aus glücklich lächelndem Munde jugendtoll herausfuhr:

>»Mich ergreift, ich weiß nicht wie,
Himmlisches Behagen.«<

und er bei dem »himmlisch« mit der Faust auf den Tisch schlug. Er war sehr dezent in seinen Mienen und Gesten; er wirkte eigentlich nur durch das Wort; aber bei dieser Silbe muß man natürlich auf den Tisch schlagen, daß die Gläser tanzen. Das ist gar nicht anders zu denken. Ich kann mir diese Verse nicht einmal lautlos wiederholen, ohne wenigstens in die Luft zu hauen, wenn ich keinen Tisch habe. Und dann redete er sich immer mehr in jene köstlich komische, breitspurige Stimmung hinein, da man entschuldigt, erklärt, erläutert, verteidigt und rechtfertigt, warum und daß und wieso und wozu man eigentlich vergnügt ist, und daß es seine guten Gründe habe, und daß sich keiner darüber wundern müsse und daß es wirklich – aber wirklich! Ja – ihr lacht?! – wirklich ganz famos sei,

so bei gutem Wein zu sitzen und ein Mädel an die Brust zu drücken –

>»Wundert euch, ihr Freunde, nicht,
Wie ich mich gebärde;
Wirklich ist es allerliebst
Auf der lieben Erde.«

und man schließlich ganz hitzig und ärgerlich wird, daß keiner das
leugnen will. Und dann wuchs ihm das Herz nach der Weise der
göttlich Betrunkenen, und mit immer größeren Worten und immer
seliger verschwimmendem Blick stieg er empor von der einzig einen zu den zwei oder drei Freunden, zu allen redlichen Gesellen, zu
dem Wohl der ganzen Welt, zur großen allgemeinen Liebe, in die
jedes rechte Zechgelage hinüberfließen muß, an dessen Ende man
mit ganz gereinigten Herzen das Lied an die Freude singt, ohne
doch zu wissen, ob es Mozart gedichtet und Goethe komponiert hat
oder ob sich die Sache umgekehrt oder womöglich noch anders
verhält.

Die Hümpeldorfer wußten nicht recht, ob der Mann da bezecht
wäre oder nicht, ob sie lachen sollten oder nicht, und in diesem
Zweifel öffneten sie halb den Mund, was ihnen ein eigenartig inte-
ressantes Aussehen verlieh. Aber sie waren doch wenigstens still;
die Lebhaftigkeit des Vortrags hatte sie gespannt gemacht, und in
der gespannten Erwartung, ob sich aus diesem Gebaren wohl eine
richtige Hümpeldorfer Besoffenheit entwickeln werde, waren sie
stumm geblieben. Bei den übrigen geselligen Liedern fielen sie wieder ab, und die danach folgende Liebeslyrik imponierte ihnen nun
gar nicht.

»Es schlug mein Herz, geschwind zu Pferde! –« Sie hörten nicht,
wie sein Herz schlug; sie sahen nicht auf seinen Wangen die feurige
Unschuld, mit der er an die Wirkung dieser Lieder glaubte, tief und
fest überzeugt, daß diese Worte aus dem Herzen der Natur an jedes
menschliche Herz dringen müßten.

>»In meinen Adern, welches Feuer!
In meinem Herzen, welche Glut!«

Die sittigen Hümpeldorfer Mägdelein lächelten über diese naiv erregten Beteuerungen, über solche armseligen Ausrufe:

»O Erd', o Sonne!
O Glück, o Lust!«

In ihren Romanen dauerten die Liebesversicherungen immer viel länger. Vor etwas Unverstandenem pflegten sie nur das Bedürfnis zum Lachen zu empfinden. Und obwohl sie sehr keusch und ideal waren, mußten sie doch, wenn ihnen etwas Keusches und Ideales entgegentrat, immer furchtbar lachen. Diese Jungfräulein lachten, stießen sich an und kicherten, daß der Mann da oben sich so aufregte, um ein paar Gedichte aufzusagen, was ja doch schließlich jeder konnte, sie auch. Bei Polterabendgedichten blieben sie freilich immer stecken. Aber das war ja eben die jungfräuliche Scham. Der Mensch da oben blieb nicht einmal stecken; der genierte sich ja wohl nicht 'n bißchen. Überhaupt, sich vor lauter fremden Menschen hinzusetzen und sich so zu haben, dazu gehörte doch eigentlich schon Frechheit.

»Auf Kieseln am Bache da lieg' ich, wie helle!
Verbreite die Arme der kommenden Welle,
Und buhlerisch drückt sie die sehnende Brust . . .«

Das ist mehr als menschliche Sprache; dem haftet nicht irdische Schwere mehr an; das tanzt dahin über ängstliche Gesetze und fürsichtige Schranken. Ja, Goethe, von dir ließ sich sogar die Sprache Mutwilligkeiten gefallen, und sie machte noch ein seliges, lächelndes Gesicht dazu! Richtig – Goethe – du warst so einer, der nichts ahnend vom festen Boden auf schwebende Wolken hinübertrat und singend emporschwamm mit steigenden Wolken. Dein Gesang ist Lerchengesang, frei von irdischer Schwere; klar und schön klingt er noch dann herab, wenn schon alles Körperliche aufgesogen ist von der Himmelsbläue.

Während ich das so dachte, sah ich einen Hümpeldorfer mit dem Finger winken. Ich folgte der Richtung seines Winkes mit den Augen und sah aus der hintersten Ecke des Saales langsam und auf den Fußspitzen einen Kellner herankommen, der in seinen O-

Beinen eine unendliche Behutsamkeit ausdrückte. Ich warf einen besorgten Blick zu Sommer hinauf – aber bei seiner ziemlich beträchtlichen Kurzsichtigkeit merkte er offenbar nichts.

»Zwei Erlanger!« hörte ich den Hümpeldorfer flüstern.

»Dieses Vieh!« stieß ich, ebenfalls flüsternd, hervor.

»Wie?« fragte Fräulein Klingenfeld.

Ich bedeutete ihr, daß ich nichts gesagt hätte.

Der Kellner ging die ganze Länge des Saales mit den gleichen, angstvollen O-Beinen zurück. Mein Blick war wie durch Zaubergewalt an ihn gefesselt; ich konnte nicht mehr loskommen von diesem Menschen. Ich wartete mit ihm eine qualvoll lange Zeit am Büffett – dazwischen immer wieder Sommer prüfend, ob er nichts merke – ich warf mit ihm das Geld auf den Schenktisch, ergriff mit ihm die klappernden Seidel.

Und dann federte dieser Genius der Behutsamkeit wieder die achtzig oder hundert Schritte des Saales auf den gekrümmten Beinen daher, die zwei Glas Erlanger mit zärtlicher Sorgfalt in der Hand tragend. Natürlich verfolgte das Publikum mit höchstem Interesse den ganzen Vorgang. Endlich mal eine Abwechslung.

Der Besteller gab dann die beiden Seidel an seinen Nachbarn und zog das Portemonnaie. Als er dem Kellner endlich das Geld in die Hand gedrückt hatte, atmete ich erleichtert auf, aber durchaus mit Unrecht. Denn jetzt griff der Kellner mit außerordentlicher Ruhe in die Tasche und begann mit größter Vorsicht zu wechseln. Es war ohne Zweifel ein Zwanzigmarkstück, das da in Silber und Nickel verwandelt wurde. Der Kellner machte die Sache sehr dezent und man hörte nur ganz leise jenes silberne, lockende »Klick – klick – klick – –«; aber es war doch immerhin ungoethisch.

Sommer wurde aufmerksam und warf stechende Blicke nach der Gegend, aus der das Geräusch kam. Sofort wurde sein Vortrag unruhig, gekünstelt, schlecht.

Es braucht kaum erwähnt zu werden, daß sich dann der Kellner in einem schwachen Augenblick gerade den unternehmendsten Taler entgleiten ließ, einen Taler, der nichts Schlechteres im Sinne zu haben schien als einen Rund- und Dauerlauf durch die ganze

Ausdehnung des Saales. Aber der rechte Augenblick findet immer den rechten Mann, und so stand auch in diesem Augenblick ein Mann von Initiative auf, der mit einem machtvollen Fußtritt den Taler platt auf den Boden drückte, ihn aufhob und mit dem Lächeln eines wahrhaft Glücklichen an den herbeieilenden Kellner zurückgab.

Als er den Taler rollen gehört, hatte Sommer natürlich sofort den Vortrag abgebrochen, und seit dem blickte er nun schweigend so lange auf den Kellner, bis dieser in der hintersten Ecke des Saales verschwand. Das Publikum wunderte sich über die Frechheit dieses Mannes, der ganz einfach nicht weiter funktionierte, und weil es entrüstet war, verhielt es sich ganz still. Sobald er aber von neuem zu sprechen begann, fiel die Masse wieder auseinander; sie wurde mit jeder Zeile lässiger; die Blicke liefen an den Wänden hinauf, an der Decke entlang; man sah nach der Uhr; die Damen studierten Toiletten. Diese Menschen sahen nicht, hörten nicht, wie in dem Gedicht »Die Nacht« mit einemmal ein reicher, milder Mondglanz durch die Nacht der Eichen brach und wie das feuchte Licht von den sich neigenden Zweigen der Birken troff. Da plötzlich – war man wieder atemlos still.

>   »Freude! Wollust! Kaum zu fassen!
>   Und doch wollt' ich, Himmel, dir
>   Tausend solcher Nächte lassen,
>   Gäb' mein Mädchen *eine* mir!«

Was war das? – Wie? –

Man war noch nicht ganz mit sich einig; aber dann beim nächsten Gedicht ward es schrecklich klar.

>   »Und zu Tänzen
>   Auf neuen Wiesen schickt
>   Der Jüngling sich und schmückt
>   Den Hut mit Bändern, und das Mädchen pflückt
>   Die Veilchen aus dem jungen Gras, und bückend sieht
>   Sie heimlich nach dem Busen, sieht mit Seelenfreude
>   Entfalteter und reizender ihn heute,

Als er vorm Jahr am Maienfest geblüht –
Und fühlt und hofft.«

Sommer hatte schon ein Dutzend Zeilen weitergesprochen, als eine ältliche junge Dame in der dritten Reihe entdeckte, daß sie sittlich tief verletzt sei. So bemerkt der schwer Verwundete oft erst nach längerer Zeit, daß ihm warmes Blut entströmt. Die Dame stand auf und ging mit gesenkten Augenlidern, eingezogenem Mund und abwärts gerichteter Nasenspitze hinaus. Ich konnte ihr nicht gram sein; als bahnbrechender Geist nötigte sie mir Achtung ab. Denn nach zwei Minuten standen zwei andere Damen auf, wieder nach zwei Minuten vier, hierauf acht u. s. w. in geometrischer Progression. Glücklicherweise kam nun das letzte Gedicht. Die Damen waren fast sämtlich verschwunden und in andere Räume des Etablissements übergesiedelt. Während des »Prometheus«, den Sommer zum Schlusse sprach, griffen Moral und Anstand auch auf das männliche Geschlecht über und lichteten in kurzer Zeit die Reihen so entsetzlich, daß es mir recht zum Bewußtsein kam, wie die allgemeine Wohlanständigkeit doch in der Tal weit bösartiger ist als das gelbe Fieber. Nicht einmal diese deutschen Männer hielten ihr stand, die doch in tausend mörderischen Biergefechten den entsetzenvollsten Zoten ohne Erbleichen die Stirn geboten und sich noch eben bei den erotischen Stellen so innig und warm gefreut hatten, daß der berühmte Mann Goethe eben so ein Luderchen gewesen wie sie.

Natürlich hatte Sommer bald genug bemerkt, was im Saale vorging; in jedem seiner Worte wallte eine furchtbare Erregung auf und ab.

»Hier sitz' ich, forme Menschen
Nach *meinem* Bilde,
Ein Geschlecht, das mir gleich sei,
Zu leiden, zu weinen,
Zu genießen und zu freuen sich
Und *dein nicht zu achten,*
Wie ich!«

Ein kochender Haß entprasselte seinem Munde, wie er das sprach. Mit einem kurzen Ruck stand er auf, dann stürmte er vom Podium herunter; mit feuerrotem Gesicht schoß er an uns vorbei, dem Ausgang des Saales zu. Die etwa hundert Menschen, die noch sitzen geblieben waren, rührten natürlich keine Hand zum Beifall; mit unanständigem Lärm standen sie auf, von der Seite, mit überlegenem Spott in den Blicken, den übergeschnappten und unsittlichen Kerl betrachtend. Sommer genierte sich, und mir ging es nicht anders. Die sittliche Weltordnung besteht ja eben darin, daß die anständigen Leute sich vor dem Pöbel schämen.

Von draußen tönte der Lärm eines Büffettsturms herein: ein wüstes Gewirr von Bier- und Grogrufen, Tellergeklapper und Gläsergeklirr. Die Klingenfelds und ich standen noch allein im Saal. Ich erklärte, mich verabschieden zu wollen, um nach meinem Freunde zu sehen, der wahrscheinlich allein fortgelaufen sei. Frau Klingenfeld trug mir einen Gruß an ihn auf und lud uns zu baldigem Besuche ein.

»Jo, jo,« stieß Herr Klingenfeld hervor, »komt man bald mol werrer, un – *mit dee Bande hier* –«

»Scht!« machte seine Frau.

»Mit dee Bande hier sprek *ick* noch'n Woord!«

»Ja, aber doch heute nicht!« meinte beschwichtigend Frau Klingenfeld.

»Nee, ick will hier doch keen Slägeree anfang'n!« rief der Alte; »ober to heurn kriegt se dat noch von mi, dor kann's di op verloten. Ick will jem dat wull bipulen, de Klookschiters! Wees du, min Jung,« wandte er sich an mich, »dat is jem too fein west; dat hebbt se nich kampiert, wees du. Wat kennt de Buer vun Gorkensolot, denn fritt'e mit de Mißfork!«

Ich war nun zwar überzeugt, daß auch Herr Klingenfeld nicht bis auf den Grund in die Goetheschen Mysterien eingedrungen war; aber als Diplomat nahm ich seinen guten Willen für Goethereife und pflichtete ihm eifrigst bei.

Und Gesa? Sie reichte mir die Hand – Donnerwetter, konnte dieses Händchen drücken! Ihre Hand zeigte offenbar das Bestreben, ein Fäustchen zu machen, als sie in meiner lag.

»Sagen Sie Herrn Sommer –« heiß kam das hervor, ich fühlte ihren Atem – »sagen Sie Herrn Sommer, daß ich ihm tausend – tausendmal danke. – Ich habe nicht gedacht, daß man so vortragen kann,« sagte sie dann plötzlich mit der naiven Verwunderung jenes Knaben, der beim erstmaligen Anblick eines Elefanten seine Mutter fragte, ob es so große Tiere wirklich gebe. »Er macht einem ja alles ganz neu! So – als wenn man's noch nie gelesen hätte! Ich hab' mich ordentlich geschämt – ich hab' die Gedichte ja früher gar nicht verstanden! Wie hat man bloß darüber hingelesen!« Sie stieß das alles in einem rührenden Übereifer hervor, wie ein Kind, das von seinen Weihnachtsgeschenken erzählt.

»Ich will ihm das alles sagen, und ich weiß, daß ihm das der beste Trost sein wird,« sagte ich, indem ich ihr mit einem sehr deutlichen Blick in die Augen sah.

»Ach ja, trösten Sie ihn!« rief sie heftig, und dann wandte sie sich schnell zu ihren Eltern zurück, die ein Stückchen hinter uns zurückgeblieben waren.

Während sie auf die Straße hinaustraten, ging ich in das »Rednerzimmer«, in dem Sommer sich vordem aufgehalten hatte. Er war nicht da. Hut und Überzieher waren auch verschwunden.

»Der Herr ist schon fortgegangen,« sagte ein Kellner hinter mir.

Ich eilte nach dem Bahnhofe. Auf dem Bahnsteige ging er auf und ab. Ich gesellte mich stillschweigend zu ihm.

»Na?« sagte er obenhin; aber unter dem kleinen Wort bebte noch immer in wilden Schlägen das Herz. Ich hörte es wohl.

Ein schlimmes Symptom fiel mir sofort auf. Er rauchte nicht. Ich hielt ihm mein Etui hin.

»Zigarre?«

»Hm. Wenn es keine Cholerados sind?« sagte er. Das war mir unheimlich. Er kalauerte sonst eigentlich nicht.

Am Ende des Bahnsteigs schwenkte er plötzlich mit forcierter Leichtigkeit das rechte Bein herum, und mit tänzelnden Schritten näherte er sich einem Fahrplan. Er schimpfte, daß diese Züge immer nur an den Schalttagen führen, und fuhr mit dem Finger immer in einer verkehrten Rubrik auf und ab. Ich zeigte ihm, daß er in einer anderen Reihe suchen müsse; er bestritt das, sah aber gar nicht mehr auf den Fahrplan, sondern starrte weit hinaus, das Geleise entlang, dahin, wo die letzten Signallaternen im Dunkel verschwanden. Dann raffte er sich plötzlich wieder zusammen, spazierte auf und ab mit gezierten Bewegungen und ließ seinen Stock in der Luft kreisen, lauter Dinge, die man sonst nie an ihm beobachtete.

Endlich kam der Zug, und wir stiegen ein. Ein leeres Coupé, und wir blieben allein: das war gut. Hier ließ Sommer sofort die künstlich gespannte Haltung fallen; er warf sich in eine Ecke des Wagens und schwieg.

Wenn ich nun ein kluger und tapferer Mann gewesen wäre, so hätte ich es meinem Freunde jetzt klar gemacht, welche Dummheit es von ihm gewesen, auf die alles bezwingende Macht des Schönen zu vertrauen und diesen Leuten so etwas vorzutragen, hätte ich ihm gezeigt, daß er sich den Erfolg hätte vorausberechnen können und daß *ich* ihm ja auch gleich das Törichte der Sache vorgestellt hätte. Aber ich bin darin immer sehr dumm und zaghaft gewesen. Es hat ja etwas ungemein Befreiendes, sich dann so recht objektiv und klar bewußt über den Schmerz eines Mitmenschen zu erheben; aber – wie gesagt – die Courage kann ich nicht aufbringen. Mich befällt dann so eine geheime Furcht, und dunkle Erinnerungen bedrücken mich.

Wir sprachen wohl eine Viertelstunde lang keine Silbe. Eine vergiftete Wunde muß bluten, tüchtig bluten! Und in dieser Wunde war Gift: ein böser Menschenhaß, der mit wahnsinniger Wut verallgemeinert und mit einem rasenden Hieb die ganze Welt zertrümmert, so daß er dann ganz allein dasteht in grauser Einöde – der alles hassende *Größenwahn*.

Ja, ja, der Größenwahn kommt immer vom Verkannt- und Verachtetsein. Aus übertriebenen Lobpreisungen kommt nur strotzende, spaßhafte Eitelkeit, aber aus versagter Anerkennung der hungernde, lechzende, hechelnde, der wahre, schreckliche Größenwahn.

Dieses Gift mußte fortgeschwemmt werden; also blute nur, blute nur, immerzu, immerzu ...

Ich horchte auf das Hämmern der Wagen auf den Schienen, auf dieses ewige rumbumbum rumbumbum rumbumbum rumbumbum ...

Ich gab mich ganz diesem Rhythmus hin, und es war mir, als schösse in gleichem Takte das Blut auch aus meinem Herzen hervor, immerfort, immerfort, blute nur, blute nur ...

Denn ich kannte ja doch seinen ganzen Schmerz.

Zuletzt führte mich das Hämmern der Räder in eine Melodie hinüber, und da wurde es mir mit einem Male warm und frei ums Herz. Mit einem Schlage war ich in übermütig glücklicher Stimmung. Leuten wie uns kann ja doch keiner beikommen, dachte ich. Mit einem lustigen Schwung setzte ich mich an seine Seite, legte ihm meine Hand auf die Schulter und fing an, leise zu singen:

»Fesselt dich die Jugendblüte,
Diese liebliche Gestalt,
Dieser Blick voll Treu und Güte
Mit unendlicher Gewalt?«

Bis dahin hatte er in sich zusammengesunken in der Ecke gelegen; jetzt richtete er sich mit einem Ruck in die Höhe.

»Hat sie dir was gesagt?«

Und nun packte ich alle Herrlichkeiten aus, Stück für Stück; ich ging haushälterisch zu Werke und brachte ihre Worte nach und nach vor, in raffiniert berechneter Steigerung. Und ganz zum Schluß brachte ich die Einladung der Klingenfelds an. Der Erfolg war, kurz gesagt, der, daß wir beim Aussteigen aus dem Coupé *beide* sangen und bis fünf Uhr des Morgens zusammenblieben. So viel Zeit war unbedingt erforderlich, um Sommer die Worte Gesas in all den Gruppierungen und Betonungen zu wiederholen, die sein Herz sich wünschte. –

»Verdammtes Schweinepack!« rief Sommer aus, als ich an einem der nächsten Tage in sein Zimmer trat. Er schleuderte einen Brief auf den Tisch und rannte wie besessen auf und ab.

Der Leser muß nicht etwa glauben, daß nicht auch ich den Ausdruck »Verdammtes Schweinepack« sehr stark gefunden hätte. Aber ich war wenigstens froh, daß er mich in diesen Kollektivbegriff nicht mit einzubeziehen schien.

»Lies mal den Brief!« rief er. »So 'ne Frechheit – so 'ne – so was ist noch nicht dagewesen! Die Antwort auf meine Forderung!« Sommer hatte hundertundfünfzig Mark verlangt, hundert für die Rezitation, fünfzig für den Prolog. Ich las:

Herrn Robert Sommer,
Hamburg.

P. P.

Auf Beschluß des Vorstandes teile Ihnen ergebenst mit, daß derselbe Ihre Forderung, wir sollen Ihnen hundertundfünfzig Mark bezahlen, nicht für Ernst ansehen kann und dieselbige auch wohl nicht so gemeint ist. Auf Beschluß des Vorstandes hat derselbe Ihnen 25 Mark bewilligt für Ihre Rezitation, welche Summe anbei per Postanweisung folgt. Für den Prolog kann als nicht geeignet auch nichts vergütet werden, was ja auch nicht abgemacht war, sondern nur für die Rezitation ein Honorar vereinbart war, was mit 25 Mark wohl hinreichend genug bezahlt ist, da Ihre Vorträge leider nicht so ausfielen, wie wir annehmen mußten. Zum Beweis dafür fügen wir auch noch ein Exemplar der »Hümpeldorfer Nachrichten« hinzu. Den Prolog haben wir von vornherein als unentgeltliche Ehrensache angesehen und verzichtet der Vorstand gern aus Ihre weiteren Dienste.

Mit Achtung
Der Vorstand des Vereins der Restaurateure.
I. A.: *Emil Scholz,*
d. Z. Präses.

Als ich das gelesen hatte, fand ich den Ausdruck »verdammtes Schweinepack« von geradezu unbegreiflicher Milde und war sogleich in meinen Gedanken mit der Suche nach einer erschöpfenderen Bezeichnung beschäftigt.

»Hier – die »Kritik« mußt du auch noch lesen!« rief Sommer, indem er mir die Zeitung in die Hand drückte. Da stand es:

»Der »Verein der Restaurateure« feierte vorgestern in den festlich geschmückten Räumen der »Concordia« sein 10-jähriges Stiftungsfest. Wir brauchen wohl nicht erst hervorzuheben, daß der Vorstand des rühmlichst bekannten Vereins wieder alles aufgeboten hatte, um das Fest zu einem in jeder Beziehung glänzenden und zufriedenstellenden zu machen. Wenn dem verehrlichen Vorstand dabei ein Mißgriff unterlaufen ist, so ist ihm das gewiß weniger zur Last zu legen, als dem betreffenden Herrn, dem ein ziemlich guter Ruf vorausging. Ein Herr Robert Sommer aus Hamburg trug einen selbstverfaßten Prolog vor, von dem wir glauben, daß wir dem Herrn Verfasser einen Gefallen tun, wenn wir sagen, daß wir ihn nicht verstanden haben. Form und Inhalt waren gleich unbedeutend, stümperhaft und anstößig, was man ja von den Herren »Modernen« bereits alles gewohnt ist. Was nun die Deklamation des Herrn Sommer anbetrifft, so wissen wir noch weniger, was wir darüber sagen sollen. Es gehört schon ziemlich viel Dreistigkeit dazu, sich für einen Deklamator auszugeben, wenn man nicht einmal die Aussprache kunstgerecht beherrscht, wie Herr Sommer. Überhaupt war die ganze Sache mit einem Worte langweilig, was auch daran lag, daß Herr Sommer nicht genug aus sich herauskam. Im ganzen hatten wir den Eindruck, daß unser Altmeister Goethe, den Herr Sommer sich zu deklamieren erkühnte, sich wohl verschiedene Male im Grabe herumgedreht hat. Was ein wahrer Künstler ist, das konnte man so recht beobachten, als in der zweiten Abteilung des Programms Herr Calboni, das hochgeschätzte Mitglied unserer Tivoli-Bühne und der Liebling unserer Damenwelt, das Podium betrat und mit seinem sympathischen Organ das ergreifende Gedicht »Das Herz der Mutter« von Schmerbinder vortrug . . .«

Hier mußte ich mich ausschütten vor Lachen.

»Calboni! Mensch! Entsinnst du dich? Bei Sagebiel hörten wir ihn ja mal!

»Ndas Herrz nderr Mutarr ihßt dein schö–nnstes Glück!«

Ich sagte dir noch, seine Stimme erinnere mich immer an eine erkältete Kuh –«

»Ja, ja! Ich entsinne mich ganz gut.«

Ich las weiter.

»Besonders trug auch Herr Knickrehm dazu bei, für die ausgestandene Langeweile zu entschädigen; derselbe entfesselte mit seinem bekannten urkomischen Vortrag des »Schooster Spannreem« und mit der »Buernhochtid«, worin der beliebte Künstler die verschiedensten Instrumente mit täuschender Naturtreue nachahmte, wahre Lachsalven und Beifallsstürme . . . .«

»Na, und so weiter. Hast du ihnen schon geantwortet?«

»Da liegt meine Antwort.«

»Darf ich sie lesen?«

»Bitte!«

Na – das mußte man sagen! – Alle Wetter!

»Nun – was meinst du dazu?« fragte Sommer.

»Stil und Grobheit einfach großartig. Was Klugheit anbelangt, weniger hervorragend. Was willst du denn tun, wenn sie trotzdem nicht zahlen?«

»Sie werden schon zahlen.«

»Sie werden natürlich nicht zahlen. Auf diesen Brief hin um so weniger, als er ihnen eventuell noch eine Handhabe für eine Injurienklage böte.«

»Nun, ich kann ja auch auf Zahlung klagen.«

Das konnte er, oder vielmehr: er konnte es nicht, denn sobald die gerichtlichen Scherereien anfingen, ließ er die ganze Sache voll Ekel fallen: das stand fest.

In diesem Augenblick – genau in diesem Augenblick war es, daß mir ein ungeheures Licht aufging.

Die Erleuchtung erfüllte mein ganzes Innere mit so lebendiger Begeisterung, daß ich im nächsten Augenblick vor Sommer stand und ihn bei beiden Kragenaufschlägen gepackt hielt.

»Willst du mir einen Gefallen – einen riesigen Gefallen tun?«

»Und?«

»Übergib mir die ganze Sache. Du verstehst dich auf dergleichen nicht und verdirbst dir damit auf ein Vierteljahr jede Stimmung. Laß mich deinen nüchternen Verstand, deine Hand, deinen Geschäftsgeist, deinen »praktischen Freund« sein. Ich habe Zeit genug, also willst du?«

»Ja was willst du denn?«

»Das weiß ich selbst noch nicht so genau. Jedenfalls will ich die ganze Angelegenheit zu deiner vollen Zufriedenheit »deichseln«. Vorläufig verlange ich nichts von dir als eine unbeschränkte Vollmacht. Du beauftragst mich, die Schuld einzukassieren, – wer weiß, ob ich nicht überhaupt noch Einkassierer werde; es hat den Reiz des Unbekannten – und dich eventuell vor Gericht zu vertreten.«

»Das nennst du »dir einen Gefallen tun«? Sonderbarer Schwärmer! Du weißt ja sehr gut, daß du mir damit den größten Dienst erweisest. Aber – ich möchte nicht, daß es den Anschein gewinnt, als ob ich um das Geld verlegen wäre, als ob ich geldgierig wäre – – –«

Jetzt gestattete ich mir allerdings das für mich seltene Vergnügen, wütend zu werden.

»Na–tür–lich! *Na–tür–lich!!* Du als anständiger Mensch mußt dich ja schämen, wenn du von diesem ruppigen Gesindel dein Eigentum forderst! Es ist doch –! Euch deutschen Dichtern steckt doch immer auch noch ein deutscher Philister im Leib! Brav so, mein Dichterlein, brav so, so wünscht euch der deutsche Spießbürger! Nur möglichst bescheiden und geräuschlos in einem Winkel verhungern – um Gottes willen nur nicht auffallen dabei! – während der Kegel-, Skat- und Schützenbruder bei allen Gauversammlungen mit fettigen Lippen auf den »Deutschen Idealismus« toastet. Herrlich ist es, sich über das Materielle erheben, ganz famos ist es; tu' ich auch; aber man muß es erst haben. Meinetwegen, wenn wir das Geld bekommen und wir haben dann gerade außerdem noch fünf Mark, dann können wir es ja einer gemeinnützigen Anstalt überweisen, einer Skatakademie oder einem Asyl für verschämte Biertrinker. Aber *vor allen Dingen willst du doch wohl dieses freche Gesindel züchtigen?*«

»Ja, das will ich!«

»Na also. Willst du das vielleicht mit dem Wisch da? Über so was lachen sie doch! Auf solche Leute wirkt man doch nicht durch *Worte!* Schick ihnen doch einen König Lear hin und laß den sie verfluchen – dann lachen sie, daß ihnen der Bauch wackelt. Aber hier – wenn sie auf den Tisch zählen müssen – zwanzig Mark und nochmal zwanzig Mark und *immer* nochmal zwanzig Mark, dann wird die Sache ihnen *furchtbarer Ernst*, dann werden sie von *tragischen Schauern* gerüttelt – und *dann* sollst du mal sehen, wie sie Respekt bekommen vor dem deutschen Dichter! Allerdings ist es nur der Respekt der Hunde vor der Peitsche; aber der ist auch schon was wert!«

Dann gingen wir zum Rechtsanwalt und Notar Kramer und ich bekam die Vollmacht. Daß ich noch einen besonderen, hinterlistigen Grund hatte, die Angelegenheit mit solchem Eifer anzufassen, ging Sommer vorläufig nichts an. – – – – –

Drei Wochen später, an einem Sonntag, machte ich wieder eine Fußtour nach Hümpeldorf, freilich ich ganz allein. »Weil es so wunderbares Wetter sei«, sagte ich zu den Klingenfelds, hätte ich einen Spaziergang gemacht, und sie mußten mir darin beistimmen, daß dies wirklich ein ausnehmend herrlicher Tag sei. Ich wurde mit wirklicher Freude empfangen und in die Laube geleitet. Kaum hatte ich mich gesetzt, als Papa Klingenfeld fragte:

»Wat mokt din Fründ?«

»Wer? Kromer?« fragte ich mit der ganzen Dummheit, für die mein Gesicht beanlagt ist.

»Och wat! Kromer! Din Fründ Sommer meen ick. Worum heß em ni mitbrocht?«

»Hee hett to vel to doohn,« sagte ich.

»Jä, wie *geiht* em dat denn?« fragte der Alte fast ungeduldig.

»Good! Good! Hee hett man so vel in'n Kopp to nehm'n. Hee hett nämli'n Prozeß!«

»'n *Prozeß?*« Die schon dem Mund genäherte Pfeife zuckte wieder zurück; der Mund hingegen blieb empfangsbereit. Die Iris kam gegenüber der Hornhaut überhaupt nicht mehr in Betracht, so überirdisch sie auch funkelte. »Mit wem denn?«

»Hier mit de Hümpeldorpers.«

»Mit de– – – Hohohohohohohoho –« Herr Klingenfeld lachte sich zu einer grausigen Tiefe hinab; dann setzte er von neuem, etwas höher wieder ein und machte denselben Lauf in die Tiefe »hohohohohohohoho –«, und den Rest seines Atems verwandte er dann zu einem kürzeren, erschöpften, wie ein Echo hinsterbenden »Hohohohoho –!«

»Dee Bande – will notürli ni – betohlen!« stöhnte er.

»Nee.«

»Un – nu hett hee jem – verklogt!«

»Jo.«

»Hohohohohoho – Dor hekk Spoß vun! *Dor* hekk Spoß vun! Hohohohoho – Dat – dat kann 'ck di gorni seggen, wat ick dor vun Spoß an hevv! Hett 'e denn all 'n Avkoten?«

»Jo – Kromer.«

»Da's rech! Da's 'n hell'schen Kerl; den gewinnt dat ook, dat saß man seeh'n! Hohohohoho – Nee, wat mit *dat* ammisiert – Wieveel – wieveel hett 'e denn eegentli verlangt, din Fründ?«

»Fofti Mark –«

»*Fofti Mark?*«

»Fofti Mark for dat Gedich, for denn Prolog, wees du, un hunnert Mark for de Deeklamatschoon.«

»*Hunnert Mark for de* – Hohohoho –«

Die furchtbaren Erschütterungen begannen aufs neue. Aus den Augen stürzten ihm unablässig dicke Tränen herab, und zwischen den einzelnen Eruptionen ließ er ein wehmutvolles Stöhnen hören, das auf namenloses Bauchgrimmen zu deuten schien. »Nee! wat mi dat vun Vergenugen mokt! Dat günn ick jem, süß du, dat günn ick jem, de Schinners, un fix Gerichskosten un Avkotengeller möt se ook noch betohlen, de Klookschiters! Un din Fründ, dat kanns em man sengn, dat is'n Kerl, dor hevv ick Respeck vor, dee versteiht de Welt –«

»Jä, dat wull ick meen'n!« rief ich.

»Dee Kerl, dee paßt in de Welt, süß du; dee 's ni mit Steernkiten tofreden, dee will Geld sehn, un sunn Mann, süß du, dee bringt dat ook noch mol to wat!«

»Och, *dat* ts jo nu ganz uter Twifel!« rief ich mit einer dicknäsigen Protzenhaftigkeit, deren ich mich noch heute schäme.

»Un wenn se nich berappen wüllt, denn jem verklogen, sieh, *dat* is min Mann! – Kiek mol,« wandte er sich jetzt an seine Tochter, »wenn du mi mol *sunn* Swiegersöhn an't Hus brings – *dor* harr 'ck Spoß vun!«

Es fehlte sehr wenig, daß ich vor Vergnügen aufgesprungen wäre und den Alten bei der Hand und beim Wort gepackt hätte. Aber eine instinktive Schläue ließ mich davon abstehen, und da Frau

Klingenfeld rief »Aber Peter –« und den Kopf schüttelte und Gesa zitternd zum Fenster hinaussah, brachte ich das Gespräch auf etwas anderes.

Als sich dann bald darauf eine Gelegenheit fand, den Alten allein zu sprechen, eröffnete ich mit feierlichen Gebärden ein Gespräch.

»Du bis jo – also doch – 'n Mann vun Woord, nich?«

»Wiesoo meens du dat?« fragte er.

»Ick meen, du bis jo doch notürli 'n Mann, wo man sick opp verloten kann.«

»Dat denk ick doch. Holls du mi verlich for'n Windbüdel?«

»Nee, dat doo ick eben *nich*, un dorum meen ick man, du biß doch 'n Mann, de 'n eernste Sok ook eerns nimmt un de keen Hanswuß'nkrom liden mag, nich?«

»Dor spricks du wohr mit. Nu kom ober man bald mol rut dormit!«

»Na ja, weest du, ick meen, dat mit denn Swigersöhn, wat du vorrdem sä'st, dat hett mi wull gefulln! Ick gläuw, dor heß du 'n sehr klooken Gedanken hatt. Sieh mol, ick weet nich mol genau, wie min Fründ doröber denkt, ober ick gläuv, hee mag din Dochter gern liden. Un wat nu din Dochter dorvun meent, sieh mol, dat kann ick jo notürli ni weten, nich?«

»Nee, dat kanns du ni weten. Ober dat weet ick. Min Dochter nimmt denn Mann, dee mi paßt. Oder meens du, dat ick mi vun sunn lütt Küken op de Näs danzen lot?«

»Gott bewohre! Dat weur noch scheuner!« rief ich mit kaltem Hohn.

»Wenn *ick* dorum din Fründ tom Swigersöhn hemm will, denn nimmt see em, dor kanns »Deubel« opp sengn.«

Diese hypothetische Formulierung seiner Versicherung sowie der etwas nachdenkliche Ton, in dem er sie sprach, zeigte mir, daß Herr Klingenfeld seinem idealen Schwiegersohn wohl im stillen außer dem praktischen Sinn und der prozessualen Energie noch ein drittes Charakteristikum beigelegt hatte.

»Jä – und wat ward denn wull din Froo dortoo sengn?«

»Min Froo deiht ook, wat ick will,« rief er verächtlich; aber dann zu einer ruhigeren und auch wohl richtigeren Auffassung der Sachlage übergehend, sagte er mit wohltuender Milde: »*Dat heet, spreeken mutt ick* doröber jo notürl mit ehr!«

Dieser humaneren Auffassung zeigte natürlich auch ich mich zugänglich.

»Öberhaup mutt ick mi de ganze Geschichte eers noch mol ondli öberlengn. Ich mutt ook doch din Fründ noch 'n bitten neeger kennen leehrn.«

Ich unterstützte ihn lebhaft in diesem Vorsatz; denn wenn es auf näheres Kennenlernen ankam, konnte ich mich auf meinen Sommer verlassen. – –

Wir besuchten also in der nächsten Zeit öfter das Klingenfeldsche Haus, und Sommer benutzte die Augenblicke, in denen er der erkennenden Beobachtung des Herrn Klingenfeld entzogen war, dazu, um nebenher das Mädchen und besonders dessen »ruhenden Mund« näher kennen zu lernen. Während Papa Klingenfeld eines anderthalbstündigen »Schläfchens« genoß, arrangierte ich gewöhnlich mit unverkennbarem Regietalent ein bißchen »Gartenscene à la Faust«, ohne daß ich jedoch die Gewissenlosigkeit soweit getrieben hätte, der ehrbaren Frau Klingenfeld Aussichten auf mein Herz zu eröffnen. Wir sprachen darüber, daß Sommer allmählich die Anerkennung der Besten seiner Zeit finde, daß die Raupen den Kohl in niederträchtiger Weise zerfräßen, daß Gesa sich tüchtig im Hause zu rühren wisse und daß man in diesem Jahre die Gurken gar nicht so schnell schneiden könne, wie sie reif würden.

Herr Klingenfeld gewann seinen Prozeß in erster Instanz so vollkommen, daß Aussicht vorhanden war, etwaige Berufungen würden wenig oder nichts daran ändern. Natürlich eilten wir mit dem nächsten Zuge zur Gratulation. Herr Klingenfeld leuchtete uns an diesem Tage entgegen wie eine Sonne aus dunstigem Gewölk des Morgens. In Momenten besonderer Gehobenheit, so z. B. wenn er das Wort »Bande!« oder »soßdusend Mark« sprach, glaubte ich Protuberanzen zu beobachten.

»Na, min Jung,« sagte er, indem er Sommer mit zärtlicher Wucht auf die Schulter klopfte, »nu mook man too, dat du ook mit din Prozeß to En'n kumms; nu wüllt wi mol seehn, ob du di wehrn kanns. Un denn snackt wi noch 'n Woord mit'nanner.«

In dieser Verheißung lag für meinen Sommer so viel Glück, daß es fast zu viel war, ja, daß ihm vor der Götter Neide grauen konnte, als ein übergnädiger Zufall ihm auch noch einen literaturverständigen Richter gab, einen Richter, der sich dem Urteil des Sachverständigen anschloß, daß es sich bei Sommers Prolog und Rezitation um Kunstleistungen handle. In Anbetracht der Umstände, daß die Herren Scholz und Gericke als Abgeordnete des Vereins wiederholt erklärt hätten, daß es auf den Preis nicht ankomme, das Vermögen des Vereins auch die Zahlung solcher Honorare durchaus ermögliche, was u. a. der sonstige Kostenaufwand für das Stiftungsfest beweise, und endlich die Honorarforderung zu dem inneren Wert der Leistungen in keinem Mißverhältnis stehe, wurden die Hümpeldorfer zur Zahlung verurteilt. Freilich sei der Prolog wohl dem Kunstgeschmack des betreffenden Publikums nicht ganz angemessen gewesen, und aus diesem Grunde habe die Dichtung für den Restaurateurverein allerdings nicht ganz den beabsichtigten Zweck erfüllt; es habe aber in der Macht der Auftraggeber gelegen, dem Dichter bestimmte Direktiven zu geben, resp. sich vor der Annahme über den Charakter der Dichtung zu informieren. Das Gericht stelle es dem Kläger anheim, ob er aus dem angeführten Grunde das Honorar für den Prolog von 50 M. etwa auf 30 M. herabsetzen wolle. Die Kosten seien dem Beklagten aufzuerlegen.

Ich erklärte mich mit heiterstem Gemüt zu jener Herabsetzung bereit. So vergnügt bin ich seitdem nicht wieder gewesen wie über den Humor von dieser Sache. Dafür, daß er an den Kunstsinn der Hümpeldorfer geglaubt hatte, wurde er um 20 M. gestraft. So weit war er jetzt schon »gereift«, daß er darüber von ganzem Herzen mitlachen konnte.

Die hundertunddreißig Mark bot er dem Verein der Restaurateure zum Geschenk an mit der Bestimmung, daß sie zur Begründung einer Bibliothek verwandt würden. Aber auf seine höfliche briefliche Anfrage erhielt er keine Antwort. So vermachte er sie einer Hümpeldorfer Schule unter der von mir formulierten hämischen

Bedingung, daß der Betrag nur zum Ankauf poetischer Werke für die Schülerbibliothek zu verwenden, daß die Benutzung dieser Bücher auch den Erwachsenen zu verstatten und dies alles durch Inserat in den »Hümpeldorfer Nachrichten« urbi et orbi zu verkünden sei.

Am Tage der Verlobung wetteiferte Sommer nicht ganz aussichtslos mit seinem Schwiegervater an Leuchtkraft. Mitten aber in der lebhaftesten Unterhaltung über die beiden sensationellen Prozesse sah mich plötzlich Herr Klingenfeld mehrere Sekunden lang starr an. Dann wandte er sich zu seinem künftigen Schwiegersohne und sagte, indem er mich beim Genick faßte und fast meinen ganzen Hals umspannte:

»Du – *dee* hier – da's 'n *ganz*Slauen, *dee* hett de ganze Verloobung mokt, un wat anners hett 'e, gläuv ick, gorni in Sinn hatt.«

»Ick?« rief ich, nach Luft ringend, »wat hevv ick denn vun de Verloobung?«

»Nee, dat is wohr! Du heß dor nix vun!«

Ätsch, alter Polarbär. Ich hatte ja doch was davon.

Aber sollte ich ihm das sagen?

Würde er die Sprache meiner Sprache verstanden haben, wenn ich ihm gesagt hätte: »Hier kommen zwei Menschen zusammen, und darum freu' ich mich?«

Ende

Über tredition

Eigenes Buch veröffentlichen

tredition wurde 2006 in Hamburg gegründet und hat seither mehrere tausend Buchtitel veröffentlicht. Autoren veröffentlichen in wenigen leichten Schritten gedruckte Bücher, e-Books und audio-Books. tredition hat das Ziel, die beste und fairste Veröffentlichungsmöglichkeit für Autoren zu bieten.

tredition wurde mit der Erkenntnis gegründet, dass nur etwa jedes 200. bei Verlagen eingereichte Manuskript veröffentlicht wird. Dabei hat jedes Buch seinen Markt, also seine Leser. tredition sorgt dafür, dass für jedes Buch die Leserschaft auch erreicht wird.

Im einzigartigen Literatur-Netzwerk von tredition bieten zahlreiche Literatur-Partner (das sind Lektoren, Übersetzer, Hörbuchsprecher und Illustratoren) ihre Dienstleistung an, um Manuskripte zu verbessern oder die Vielfalt zu erhöhen. Autoren vereinbaren direkt mit den Literatur-Partnern die Konditionen ihrer Zusammenarbeit und partizipieren gemeinsam am Erfolg des Buches.

Das gesamte Verlagsprogramm von tredition ist bei allen stationären Buchhandlungen und Online-Buchhändlern wie z. B. Amazon erhältlich. e-Books stehen bei den führenden Online-Portalen (z. B. iBookstore von Apple oder Kindle von Amazon) zum Verkauf.

Einfach leicht ein Buch veröffentlichen: **www.tredition.de**

Eigene Buchreihe oder eigenen Verlag gründen

Seit 2009 bietet tredition sein Verlagskonzept auch als sogenanntes "White-Label" an. Das bedeutet, dass andere Unternehmen, Institutionen und Personen risikofrei und unkompliziert selbst zum Herausgeber von Büchern und Buchreihen unter eigener Marke werden können. tredition übernimmt dabei das komplette Herstellungs- und Distributionsrisiko.

Zahlreiche Zeitschriften-, Zeitungs- und Buchverlage, Universitäten, Forschungseinrichtungen u.v.m. nutzen diese Dienstleistung von tredition, um unter eigener Marke ohne Risiko Bücher zu verlegen.

Alle Informationen im Internet: **www.tredition.de/fuer-verlage**

tredition wurde mit mehreren Innovationspreisen ausgezeichnet, u. a. mit dem Webfuture Award und dem Innovationspreis der Buch Digitale.

tredition ist Mitglied im Börsenverein des Deutschen Buchhandels.

Dieses Werk elektronisch lesen

Dieses Werk ist Teil der Gutenberg-DE Edition DVD. Diese enthält das komplette Archiv des Projekt Gutenberg-DE. Die DVD ist im Internet erhältlich auf **http://gutenbergshop.abc.de**

Zeitfracht Medien GmbH
Ferdinand-Jühlke-Straße 7
99095 Erfurt, Deutschland
produktsicherheit@kolibri360.de